# 張詐欺
## 장사기

# 張詐欺

## 장사기

일탈과 종교라는 두 글자를 가지고
살아가는 현대인들인 허세들에게
들려주는 메시지

김준홍 지음

베른북스

/ 머리말 /

이 책을 쓰는데 상당히 오랜 시간이 걸렸다. 나의 불성실함도 한 몫했지만 직장을 다니면서 쓰자니 애로점이 많았다. 처음에 종교와 철학의 이론을 실었는데 내용의 양이 방대하고 난해해서 없앴다. 부모들이 자식을 키워서 세상에 내보내듯이 처음으로 자식을 세상에 내보낸다. 많은 비판과 질타가 있을 것 같다. 모든 열매는 고통의 소산이듯이 첫 열매를 세상에 보낸다. 이 책을 만들 때 교정을 도와준 박하연 선생님과 편집장님인 김병호 선생님에게 감사를 드린다. 이 책을 아버지, 어머니에게 천국으로 보낸다.

목
차

# 장사기와의
# 만남

# 만남

수많은 만남은 필연적 우연성[01] 속에서 연속적(continuous)이다.

만남에는 좋은 만남이 있고

나쁜 만남이 있다고 한다.

그것을 인연이라고 악연이라고 사람들은 말한다.

우연히 이루어지는 이 모습 속에서

우리는 번민의 세월에 갇힌다.

만남 속에서 상호 승리의 용어를 사용하라고 한다.

모든 만남 속에서 시너지를 창출하라고 한다.

어떤 만남은 나를 길들이려고 한다.

휴~ 무섭다.

아련히~

수수께끼 같은 이 단어 속에서

우리는 무엇을 꿈꾸어야 하는가?

이젠 우리는 필연적 우연성의 만남 속에서

하모니적 타협을 이루어야 한다.

비록 그것이 아플지라도…

-필연적 우연성은 만남을 낳고
좋은 만남은 친구를 낳는다-

---

01  필연적 우연성: 신의 입장에서는 모든 것이 필연적인데 그것을 모르는 사람들은 우연
성 있게 모든 것이 온다고 보는 주장

어느 무더운 여름날 소나기가 엄청나게 내리는데, 허세는 날씨의 흐름을 이상하게 잠깐 생각한다. 긴 위장병과 그로 인한 과민성대장증후군으로 완치는 아니지만, 고향에 내려가 병을 어느 정도 안정시키고 노량진에 온 지도 8개월이 다 되어 갔다. 아는 사람도 없는 곳에서 공무원 공부를 하며 외로움에 점점 나약해져 갔다. 그 힘든 경쟁률을 어떻게 이겨 낼지도 생각 않고 '오래 하면 되겠지.'라는 무모함에 빠져 있었다. 힘을 잃은 새가 날 수 없듯이 약진의 꿈도 꾸지 못하고 점점 무기력함과 병마에 힘을 잃고 있었다. 고향으로 다시 돌아갈까도 생각해 보았지만 어머니의 반대로 가질 못했다. 생각에 잠시 사로잡혀 있다가, 허세는 갑자기 성경책을 한번 잡았다 놓는다. 방의 공기는 아무런 반응이 없었다. 지루한 정적이 흐른다. 허세는 정적을 사랑하는 걸까? 그렇지는 않았다. 음악을 좋아할 뿐이었다. 조용한 발라드가 라디오에서 나왔다. 머리를 식힌다. 여름날의 땀까지 식히는 기분이었다. 그만 잠이 든다. 오수(吾睡)를 즐겼다. 일어나서 병원으로 갔다. 그때 마침 긴 감기로 생긴 축농증약의 처방전을 이비인후과에서 받아 근처 약국으로 갔다.
　　"어, 염병 약사가 바뀌었네요."
　　"제가, 새로 바뀐 장 약사입니다. 이름은 장수월이라고 합니다."

허세는 이상해하며

"약국 이름은 왜 바꾸지 않았나요."

"아무래도 기존 고객과 인지도가 알려져 있어 서요."

"약사님은 고향이 어디세요"

"전주데요."

'약사님의 인상이 너무 좋아서 계속 와야겠다'고 결심한다.

"허세 씨 순진하게 생겼네요."

"좋은 뜻이죠."

"그럼요."

이상하리만치 친절한 웃음을 띠는 약사가 마음에 들어 축농증에 좋은 약이 없냐고 묻자, 생약을 건네주는 약을 먹는다.

"이 약 먹으니 위가 아파요. 저 과민성대장증후군하고 신경성 위염이 있어요."

"그럼 이 약을 먹어 보세요. 그 전 약과 공짜로 바꿔 드릴게요."

허세는 바뀐 생약을 먹자 큰 효과를 보고 점점 더 약국에 자주 드나든다. 성격이 좋은 약사의 친절함에 사람들이 모여들면서 약국은 더욱 번창해 간다. 그러던 어느 날 약국에 한 처방전을 가지고 간다.

"약사님 제가 머리가 빠져서 머리가 안 빠지게 하는 처방전을 가지고 왔어요."

장 약사는 머리를 갸우뚱거리다 말을 한다.

"이 약 먹으면 총각에게 안 좋은데."

장 약사는 이제는 말을 나도 된다는 듯이 말을 놓는다. 허세도

형님으로 생각하고

"장 약사님 이상 반응 나타나고 있어요. 왜 다른 약국 약사들은 그른 말을 하지 않지."

허세는 당장 피부과로 찾아가

"원장님 이 약 먹어서 이상 반응 생겨요."

원장은 그 약에 대해 잘 모른다는 듯이

"그럼 우리가 자가용만 팔면 되지 차 사고 나는 것까지 책임져야 되나."

중도 가짜 나서, 속으로 '돌팔이'라고 외친다. 오는 와중에 영등포에 있는 약국을 들러 여자 약사에게,

"이 약 먹으면 부작용이 있다고 왜 말씀하시지 않았어요."

"저희는 애 낳고 그런 줄 알았어요."

그리고 장 약사 약국에 들러 그 사람 돌팔이라고 욕을 하며 한바탕 스트레스를 푼다. 그러자 갑자기 장 약사가 머리 나는 약이 있다고 말한다. 그때의 장 약사의 눈빛을 허세는 바라본다. 썩어있는 눈빛이었다. 모든 것을 어떻게 해 보려는 어두운 눈빛이었다. 허세는 알면서도 '설마'

"이 약은 싸. 한 약은 머리를 갈라지게 하는 걸 막고 다른 약은 머리를 자라게 해."

"얼만데요."

"두 달에 10만 원."

"형 비슷하다. 그 의사가 준 약이 한 달에 5만 원이면 두 약 합하면 10만 원이네."

"당장 주세요."

허세는 흥겨워하며 힘을 얻는다. 그러던 어느 날 약국에 놀러 간다. 그러자 손님이 오자, 장 약사가 약을 열 종류를 내놓으며 이 약은 어떻고 저 약은 어떠며 하는 약을 파는 모습을 보며 깜짝 놀란다. 장 약사의 약에 대한 지식과 파는 스킬에 감탄을 한다.

"형 대한 하다. 어떻게 그렇게 약을 잘 팔아."

장 약사는 씩씩 웃으며 여유 있는 표정을 짓는다.

"형 한약도 잘 아는 것 같은데 진맥도 짚어."

"손 내밀어."

눈을 감으며 이쪽저쪽을 짚더니,

"하체가 약하고 신경이 예민해."

"위하고 장은 어때."

"위는 많이 좋아졌는데, 장은 아직 예민해."

마침 다리가 운동하다 다쳐 한의원 치료를 받던 중이었다. 어떻게 하체가 약한지 진맥으로 알까? 중도는 또 감탄한다.

"형 하체 한의원 치료로 될까."

"정형외과 가서 치료해."

그 말을 듣고 근처에 있는 정형외과로 가서 치료를 6개월 받고 다리를 고친다. 점점 더 장 약사에 대해 빠지며, 이 약 저 약을 사 먹다가 머리가 계속 빠지자 먹던 약의 효과 내용을 보다가 한 약은 머리를 갈라지게 하는 것을 알았고 다른 약은 어깨 통증 치료약임을 보자 속았다고 생각한다. 어깨 통증이 고향에서 수영하다 다쳐서 근육이 뭉쳐 있음을 장 약사는 알고 있었던 차였다. 한숨을 내

쉬며 약국으로 발길을 옮긴다. 손님이 또 많았다.

"이 약은 비타민인데 비타민을 아미노산화 시켜야 돼요."

설교를 하며 약을 몇 가지 뿌린다. 그러자 손님이 한 약을 사 가지고 간다. 그렇게 연달아 판 약만 해도 스무 가지나 된다. 손님이 뜸해지자

"형 오늘도 한 건 했네."

"왜 그래."

"내가 머리 빠지지 않은 약 설명서를 읽어 보았는데 그럴 수 있어."

장 약사는 씩씩 웃으며 아무 말도 못 한다. 또 손님이 오자 약을 몇 가지 내놓고 팔아 치운다.

"형은 이제부터 '장사기'야."

우리는 이제부터 장 약사를 장 약사, 장사기, 장수월로 표현하기로 하자. 그때 과일을 사야겠다고 생각한 허세는 국산 청포도를 사 가지고 약국에 가서 몇 송이 주는데, 허름하게 옷을 입고 아이를 데리고 있는 남자를 보았다. 나중에 알게 되지만 이 남자의 이름은 성태였다. 이 성태와의 만남이 장차 전개될 허세의 인생에 중요한 마침표를 찍게 되는데, 허세는 그걸 몰랐다. 성태는 그 청포도를 조금 가지려는 듯이 머리를 내밀어 본다. 허세는 얼른 청포도를 돌려 집으로 간다. 한동안 약국을 볼일이 없어 가지 않은 허세는 그동안 밀린 공부를 위해서 독서실로 간다. 한참 동안 독서실에서 공부를 하고 집으로 밥 먹으러 가는 중에 성태를 만난다.

"안녕하세요!"

성태가 인사하자, 허세는 마지못해 인사를 받는다. 그때 마침 대

학 때 친한 친구인 성찬이 한데서 전화가 왔다.

"성찬아 만날까."

"어디서."

"노량진 근처에 바가 있어."

"몇 시에 만날까?"

"밤 열한 시 어때."

"좋아."

그런데 바에 가자 장 약사와 성태가 맥주를 마시며 우리를 보았다. 허세가 장 약사에게 아는 척하며,

"술 먹으러 왔어요."

"응."

허세는 성찬이와 서로 살아가는 이야기를 한참 하다가, 장 약사가 위치하던 곳을 우연히 보자, 맥주 20병 정도가 비어 있었다. 허세는 깜짝 놀란다. 성태가 마신 술이었다. 그렇게 며칠이 지났다. 그러던 어느 날 성태를 약국에서 만난다. 장 약사는 내가 아는 동생이라며 소개를 시켜 준다. 그의 나이는 서른일곱 살이라고 듣는다.

"어 형이네. 저는 서른다섯 살이에요."

"눈 좀 보자. 어 어 어."

중도 기분 좋아하며, 그때부터 어울리기 시작한다. 그즈음에 국장이라고 하며 나이 드신 분이 약국에 자주 나타난다.

"수월이 형 국장님은 약국에서 뭐하시는 분이야."

"약국의 오너야."

"그럼 형은?"

"나는 일하는 사람이야."

"그래."

허세는 국장님을 처음 보았을 때 지성은 느껴지지 않고 수수하며 마른 체구의 이웃집 아저씨 정도로 보았다. 그냥 마음이 좋은 사람으로 보았다.

"국장님 고향이 어디세요"

"전주."

"어떻게 서울까지 올라오게 되었어요."

"여기가 약국 장사가 잘 된다는 소리를 듣고."

"그래요."

허세는 국장님과 삶과 애증, 과정과 인생에 대해서 논하기로 마음먹는다. 약국을 나오던 차에 여자가 약국으로 들어가는 것을 본다. 그 여자는 나중에 알게 되지만 서 약사로 종교는 기독교를 가지고 있고 나이는 허세보다 네 살에서 다섯 살 어린 여자였다. 아주 지적이고 Y대 화학과를 나와 신촌에 있는 여대 약학과를 편입한 수재였다. 서 약사에 대해서는 후술하기로 한다. 집에서 밥을 먹고 슈퍼에 음료수를 사러 간 허세는 슈퍼 여주인에게서 박 집사라는 여자를 소개받는다. 집사라는 말로 알 수 있듯이 종교가 기독교였고 날씬한 몸매에 얼굴은 보통 정도 되는 반찬 가게를 운영하고 있었다. 슈퍼 여주인은 반찬을 박 집사 가게에서 사라고 권한다. 그로 얼마 후 약국은 예전보다 덜 손님이 오고 있었다.

"형 약국이 요즈음 왜 덜 돼요."

"약국들이 근처에 좀 생겼잖아."

장사기

"이러 다 약국 망하는 거 아니에요."

장 약사는 여유 있는 미소를 띤다. 그때 마침 구봉이라는 사람이 약국에 나타난다. 성태가 맥주 먹은 바 주인이었다. 구봉이는 창녀촌 포주처럼 생겼는데, 어떻게 허세의 이름을 알고 있었다.

"허세 요즈음 우리 가게 왜 안 와! 용산에 내 친구가 운영하는 창녀촌 가게가 있는데 같이 갈까?"

"왜 그래요."

"내가 공짜로 시켜 줄게."

"재미있네요."

하면서도 구봉이를 우습게 본다. 그때 서 약사가 오고 있었다.

"무슨 얘기 하세요."

"아무것도 아니에요."

장 약사는 새로 일하러 온 아가씨와 열심히 씨름하고 있는데, 요즘 약국 사무 보는 아가씨가 없어서 애를 먹고 있던 차였다. 아가씨가 나가자

"얼마 주는데 자꾸 아가씨가 나가?"

"100만 원."

"일이 이렇게 많은데!"

"그래도 할 수 없어. 남는 게 없어."

며칠 뒤 박 감독이라는 동물같이 생긴 놈이 들어온다. 그는 약국 앞에서 곡물 노점상을 하는 노인으로서 자기가 정치한 지가 40년 된다고 자랑을 하며 고향 출신 유명한 정치인이 자기 가까운 친척이라고 너스레를 떠는데, 허세와 고향이 같았다. 그러면서 자기가

한 번 연설하면 마흔 명 정도가 모인다고 자랑을 하는데, 허세는 같잖아서 헛기침을 친다.

"형 왜 박 감독이라고 별명을 지었어?"

"한 번 축구 중계를 하는 데 '뭔 축구를 저래 하노, 이렇게 해야지.' 그러는 거야. 꼭 감독 같더라고. 그래서 박 감독이야."

"고향 망신 다 시키네."

"서 약사님 이것 드셔요."

박 감독이 서 약사한테 맛있는 걸 건넨다.

"왜 저래요."

"춥다가 쉴 때 우리 약국 오잖아."

"원래는 우리에게 마당을 내 쓰는 거라서 약국에 돈을 좀 줘야 돼."

장 약사는 엉큼한 웃음을 지으며 말한다. 그때 성태가 들어오며,

"나를 사랑으로 안아줘요. 사랑의 빠때리가 다 됐나 봐요."

유행가 가사를 부른다.

"우리 진영이가 수학을 얼마나 잘하는지, 영어도 수준급이야. 하하하 살맛 나, 살맛 나."

장 약사는 창고에 약을 가지고 와야 한다며 지하실로 내려가자고 한다. 성태와 허세는 몇 번씩이나 약을 나르며 춥고 더운 날씨에 지하실을 왔다 갔다 한다. 그러고 나서 밤에 옆집 '새로운 횟집'이라는 술집에서 맥주를 세 명이서 같이 먹는다.

"아 맥주 맛 좋다!"

성태가 너스레를 떠는데

"내가 전라도를 한 때 다 휘어잡았지. 지금도 내가 부르면 전라도

장사기

에서 버스 오십 대 이상이 와. 허세 힘들면 얘기해 내가 도와줄게."

허세는 '요즘 세상이 어느 땐데, 주먹 자랑을 하지' 하며 어이없어한다. 그러면서도 무용담을 재미있게 듣고 있었다. 원래 허세도 조직과 싸움에 대한 어릴 적 향수가 남아 있던 차였다. 그렇게 먹고 있는데 먼 테이블에서 친구들끼리 싸움이 벌어졌다. 대번 성태가 달려가 크게 소리를 지르며 강제로 힘 있게 말렸다. 싸움이 끝나자 싸움에 이긴 친구가 성태에게 달려와 싸움을 걸었다. 매너 없이 싸움을 말렸기 때문이다. 성태는 '씨익' 웃더니 냉장고에서 맥주병을 꺼내 벽에다 깨더니 맥주병으로 팔 양쪽을 자해하고 난 뒤 깨진 맥주병을 양손에 쥐고

"가란 말이다. 가거라."

라고 말하자 온 친구가 겁을 먹은 듯 어리둥절해하더니 자기들 테이블로 간다. 조금 있다 다시 성태에게로 와서 악수를 청하자 다시

"가란 말이다. 가라."

라고 성태가 말한다. 그러자 그 친구가

"세상 살기 싫다."

라고 말하며 뒤돌아 간다. 시간이 좀 지난 뒤 허세가

"악수를 받아 주지 그랬어."

"인간 같지 않은 놈들하고 상대 안 해."

"그러다가 덤비면 어떻게 하려고."

"아직까지 한 놈도 덤비는 놈을 못 보았어."

허세는 '지는 인간 같나.'라며 속으로 비웃었다. 그리고 그들은 헤어진다. 그다음 날 반찬이 떨어져 지하에 내려가 김치를 사려고

박 집사에게 찾아가

"박 집사 김치 천 원어치 줘."

"2천 원이 제일 기본 되는 가격이야."

"내가 것 저리를 좋아해서 그래. 2천 원 치 사면 남아서 시그러워져서 못 먹어."

"시그러워가 뭐야."

"시다."

"허세 씨 알았어요. 다른 반찬은 이렇게 사면 안 돼."

"알았어. 내가 단골이잖아. 비싼 반찬은 그렇게 안 사잖아."

반찬을 사 들고 가서 집에서 맛있게 먹고 나서 잠시 또 오수를 즐겼다. 꿈자리가 얼마나 사나운지 허세는 잠에서 깨어나 약국으로 간다.

갑자기 장 약사가 룸에 대해서 이야기하자, 한 번도 가 보지 못한 허세는 호기심에 사로잡혀

"형 내가 55만 원 낼게 가자."

국장님, 장 약사와 함께 저녁에 강남 뱅뱅 사거리 근처로 가기로 한다. 총 65만 원에 55만 원을 내기로 한 것은 허세에게 큰 부담이었으나, 처음 화류계를 가는 허세로서는 돈이 문제가 아니었다. 국장님이,

"허세 몇 살이지."

"왜요."

"글쎄."

"서른여섯 살인데요."

장사기

"그 나이면 룸에 가도 돼."

허세는 어떻게 룸이 생겼을까 궁금해하며

"장 약사님 재산세가 5만 원 나와서 그런데 50만 원 낼 게."

"알았어. 허세."

밤에 간 룸은 대형 룸이었다. 지하에 계단도 많고 대리석으로 벽과 천장을 깔아 놓았다. 장사기가 리드를 하며,

"마음에 안 들면 초이스 안 해도 괜찮아."

하며 코치를 했다. 들어온 여자들은 예쁜 여자가 거의 없어서 계속 브레이크를 걸다가 미안해서 절충을 하고 각자 파트너를 정했다. 시간이 흐르자 장사기가 아가씨들에게 팁을 주어야 한다며 먼저 주고 허세보고 주라고 해서 주었다. 젊은 아가씨들은 좋아하며 "오빠."라고 외쳤다. 한참 놀고 나서, 약국으로 왔다. 장 약사가 국수를 근처에서 먹자고 해서 가게로 갔다.

"용산 가서 하게 돈 좀 대 주라."

"나도 돈이 없어. 가정까지 있으면서."

"니도 내 나이 돼 봐라. 아내는 뚱뚱해서 이제는 못 해."

"정신 차려. 돈 쓴 것 아까 와 가지고 죽겠다 만. 뭐 별거 없데. 대리석만 괜찮고."

그리고 헤어졌다. 그다음 날 만났는데 허세가 씨익 웃자

"허세도 심성이 착해."

하며 묘한 미소를 짓는다.

"어제는 왜 그래요."

"취해서 그래."

마침 국장님이 들어오면서 인상을 쓰자, 허세는 '어제 저녁에 장사기와 한 짓을 국장님이 언짢아한다'고 생각한다.

"국장님, 국장님 우리 국장님."

노래를 하면서 기분을 풀어 주려고 하는데,

"뭐야."

국장님이 짜증을 낸다. 국장님은 그들의 세계에 이해할 수 없는 반증을 가지고 있었으며, 사실은 몹시 화가 나 있었다. 도대체 왜 세상은 이렇게 흘러가고 있는질 이해할 수 없다는 표정이었다. 국장님이 이 시대를 알고 있질 못했을까? 그렇지는 않았다. 국장님은 누구보다도 잘 알고 있었다. 연륜에서 우러나오는 세계를 가지고 있었다. 그러나 내가 운영하는 약국에서는 그런 일이 발생하지 않아야 한다는 생각을 갖고 있는 것 같았다. 좀 더 보수적으로, 좀 더 안정화된 대로, 좀 더 클리어하게 약국이 움직였으면 하는 바람인 것 같았다. 허세는 '나이든 사람과 같이 가는 게 아니었구나.'라며 후회를 한다. 그로 며칠 후 잠잠하던 약국은 침묵을 깬다. 약국에서 성태를 만난 것이다. 성태가 남대문 시장에서 운영하는 가게가 청소가 안 되어 있다면서 한숨을 짓는다.

"성태 형 뭐하는 가게인데."

"군복이랑 노가다 일꾼들이 입는 옷 가게야."

"그거 가지고 옷 가게가 돼."

룸살롱에 아르바이트도 한다면서 장 약사와 함께 와달라고 했다. 그날 저녁에 북창동에 있는 룸살롱을 가기로 장 약사와 약속을 하고 집으로 오는데, 소나기가 얼마나 오는지 옷에 흠뻑 비를 맞는다.

장사기

옷을 갈아입고 장사기와 택시를 타고 북창동으로 간다. 북창동이란 말을 처음 들은 허세는 룸살롱이 즐비해 있는 것을 보며,

"세상 꼬라지 잘도 돌아간다."

앞으로 집 드나들 듯이 갈 줄 모르고 말이다. 북창동에 처음 간 클럽 룸살롱은 조그만 가게였다. 우 마담이라는 여자가 주인으로서 아가씨들은 키가 크나 얼굴은 보통 정도 되었다. 가자마자 장사기는 팁을 돌리라면서 지휘를 하였다. 허세는 시키는 대로 돈을 뿌렸다. 허세도 자기가 번 돈이 아니라 전부 엄마에게 돈 빼돌려서 쓰는 차였다. 공무원 공부를 한답시고 책 사는 비용이라고 속이고 마음대로 돈을 썼다. 술을 먹고 나오는데 우 마담이 허세가 머리를 깎은 날이었는지,

"잘 생긴 총각 또 와."

그러자 허세는 기분이 좋아 가지고 웃었다. 우 마담은 키가 백칠십에 크고 몸매도 좋은 중후한 미모를 자랑하는 마담이었다. 그로부터 며칠 뒤 성태에게서 전화가 왔다.

"만나."

"왜."

"우 마담이 니 보고 싶어 하더라."

"북창동 가자고."

"우 마담이 보고 싶어 하는데."

둘이 택시를 타고 초이스 클럽으로 갔다. 네온사인이 번적이며 삐끼들이 택시 안으로 손과 얼굴을 집어넣고 계속 택시 안의 허세와 성태를 부르는 것이었다.

"형님들 저희 가게 오세요. 늘씬한 미녀들이 많아요. 싸게 해 드릴게요. 서비스 끝내줘요."

"저리 안 가 새끼야."

성태를 믿고 허세는 마음껏 소리를 치며 스트레스를 풀었다. 겨우 초이스 클럽에 도착했다. 가자마자 아가씨들이

"허세 씨 팁을 주세요."

라며 달라붙자, 팁을 주었다. 일단 들어가자 들어온 아가씨를 캔슬하였다. 그러자 허세의 수준을 안 우 마담이 일곱 명을 들여보냈다. 괜찮은 아가씨가 있어 초이스하고 양주를 먹기 시작했다. 술이 약해 양주를 못 먹는 허세는 겨우겨우 마셨다. 취기가 오자, 같이 먹던 성태에게 우 마담은 어떻게 알았냐고 물었다. 성태도 한 잔 들어가자

"우리 이혼한 집사람 친구야. 진영이 엄마의 친구."

시간이 많이 지나자 계산을 하는데 허세가 카드를 주며 돈 찾아오라고 했다.

"형은 돈 안 내나."

"나도 내야지."

그러며 밖으로 나갔다. 좀 뒤

"나도 돈 찾아와서 냈어."

그러다 그 말을 곧이곧대로 허세는 믿는다. 말의 힘도 없고 말의 색깔도 좋지 않은 모양이었으나, 세상을 모르는 허세는 불쌍하기 짝이 없었다. 그리고 허세가 나가는데, 계단을 오르다 떨어졌다. 얼마 먹지는 않았으나 양주를 못 먹는 허세는 양주의 독한 술로 취

하지는 않았으나 몸이 말을 안 들어서 겨우겨우 허리를 구부리고 계단을 올라오면서 택시 쪽으로 갔다. 성태가 미리 가서 택시를 잡아 놓고 있었다, 택시를 타자마자 술을 너무 많이 마셨는지 허세는 연거푸 오바이트를 했는데, 그 오바이트로 택시는 시트가 강물과 같이 더럽혀졌다. 그걸 보면서 다른 택시를 잡고 타고 오는데 먼저 택시 기사와 성태가 허세의 오바이트한 시트값 때문에 먹살을 잡고 싸우고 있었다. 다행히 치고받고 싸우지는 않았다. 나중에 안 사실이지만 성태는 돈이 들까 봐 먹살만 잡았다. 겨우겨우 집으로 향하고 있는데, 또 오는 길에 오바이트를 많이 했다. 기사가 시트값을 달라 그러자 돈이 없다면서 봐 달라고 사정사정 얘기를 하자, 택시 기사는 아무 말이 없었다. 집에 도착하자, 지갑과 핸드폰의 위치를 한곳에 두는 허세는 오른쪽 지갑 넣는 곳이 허전함을 느끼고, '아차, 분실했구나.'라는 느낌이 왔다. 그 즉시 여러 카드 회사에 분실 신고를 하고 잠을 청하게 되었다. 아침에 일어났다. 벽이 한층 더 나온 느낌을 받는다. 그건 착오가 아닐까? 착오는 아니었다. 단지 착각이었다. 또다시 잠을 잔다. 열한 시경에 다시 일어났다. 벽이 나오지 않았다. 못 먹는 술 때문일까? 알 수 없는 현상에 괴로워한다. 다 되어 가는 허세의 뇌에 대한 질책이었다. 밖으로 나와 햇볕을 쬔다. 그리고 그림자를 본다. 우연히… 깜짝 놀란다. 예전의 패기에 찬 순수한 그림자 모습이 아니었다. '룸살롱을 다니면서 이렇게 변한 걸까.' 생각해 본다. 정확한 답을 얻지 못하고 잠깐 산책을 한다. 그리고 또 잔다. 그런 일이 있은 며칠 뒤 저녁쯤에 꼭 사기꾼처럼 생긴 놈을 약국에서 소개받는다. 마침 치킨

이 먹고 싶어

"아 치킨이 먹고 싶네."

잠시 있다가

"저하고 같이 가요"

김 전무라는 사람이 같이 가자고 했다. 치킨을 먹으며 잠깐 한숨을 쉬다가, 국장님 욕을 한다.

"수금을 결제해 조야지. 내가 약을 거래한 지가 얼 만데 그럴 수 있어. 아직도 내 아니면 ○명소 같은 약을 어떻게 구해."

라며 스트레스를 풀었다. ○명소는 허세도 먹어 보았지만 신경계 생약으로 ○○제약회사거로 변비에도 좋은 약이었다.

"장 약사에게 들어서 시골 땅 있는 것을 아는데요. 팔아서 약국 차려요. 허세 씨 약국 국장 돼 봐요. 여자들 서로 시집오려고 해요."

허세가 호기심 어린 눈으로 보자, 그때부터 말을 놓는다.

"뒤는 내가 다 정리해 주니간, 염려하지 말고 투자해."

사기꾼처럼 생긴 사람이 얘기하니, 허세는 속으로 비웃는다. 그리고 얼마 후 허세, 성태, 장사기, 명소 모두 네 명이서 근처 맥주 바에서 술을 한잔하는데 갑자기 익숙한 팝송이 흘러나왔다.

「You mean everything to me」였다.

성태가 먼저 "You mean." 하자 허세가 질세라 성태가 같이 "everything to me." 합창으로 둘이서 불렀다. 목소리가 크기로 유명한 허세였으니 알 만도 하였다. 그러자 있던 손님들이 전부 도망 갔다. 그러자 마담이 이젠 예쁜 아가씨들 안 온다면서 영업을 중지 해 버렸다. 그다음 날 구봉이가,

"허세 가게에서 노래하면 안 돼."

"예 죄송합니다."

"그게 뭐냐 서울에서 대학 나온 놈이."

성태는 건드리지 않았다. 후에 알았지만 구봉이가 성태의 뒷조사를 다 해서 어떤 놈인지 다 알고 있었다. 구봉이는 성태를 무서워하고 있었던 것이다. 허세도 실수를 인정하고 잘 못 했다고 악수를 나누고 헤어졌다. 그런 뒤 '아무래도 이건 아니다'는 생각이 허세의 뇌리를 스쳤다. 마음 빈속에서 우러나는 허무 아닌 허무를 느끼고 있었다. 그건 권태였다. 권태를 이기지 못해 동네 똘마니들과 어울려 다니고 있었다. 그러나 벌써 허세는 재미있는 화류계와 주먹의 섭리를 믿는 성태의 매력에 빠져 있었다. 어릴 때부터 주먹에 대한 느끼던 향수가 있었고 삼십 대 중반의 나이에도 철이 들지 않았던 것이다. 그리고 한 해가 지나고 추운 겨울이 왔다. 한 참 약국에서 박 감독에게 만 원 주고 산 곶감을 먹고 있을 때였다. 국장님이

"이번 상주 곶감은 왜 맛이 없어. 옛날에 계속해서 먹었던 상주 곶감은 맛이 있었잖아."

장 약사도

"그러게요."

마침 박 감독이 들어오자. 모두

"곶감이 맛이 없어요."

허세가

"감을 중국에서 상주로 수입해서 상주에서 감을 깎아서 곶감 만든 거 아니야."

갑자기 박 감독의 얼굴이 창백해지고 허세를 때리려고 대들자, 허세가 뒤로 물러서며 피하자 허세가 가지고 다니는 가방을 들고 약국 밖으로 나간다. 허세도 좇아가며,

"가방 주세요."

"니도 전라도와 한패가 될래."

그러면서 멱살을 잡는다.

"왜 그래요. 지역감정 조작한다고 경찰에 신고해요."

박 감독은 겁을 먹었는지, 허세의 멱살을 놓고 가방을 되돌려준다. 그때 박 감독의 뒷모습을 보니 오리가 뒤우뚱거리며 걷는 듯한 모습을 본다. 참 나이 들어 무슨 짓을 하며, 고향 망신 다 시키고 더군다나 교회랍시고 다니면서 자기의 재주를 펴고 사는데, 참 알수 없는 노인이었다. 그래도 노인이지만 힘은 있었다. 목이 짧으며 굵고, 하체의 든든한 버팀목과 팔뚝의 근육은 젊은 사람을 능가하였다. 다시 말하자면, 팔뚝의 힘줄이 크게 아로새겨졌으며 다리의 근육이 탄탄하여 큰 상체를 받쳐 주고 있었다. 많은 마늘과 고추 배달을 경사가 가파른 상도동 고개에 있는 아파트까지 배달하는 것을 보면 먹고 살라고 몸부림치는 것 같았다. 자기의 핸디캡을 숨기려고 허울 좋은 넉살을 부리며 해병대 옷을 입고 '노량진 치안은 내가 담당하지.'라는 어구를 외치고 다니는 듯했다. 하루하루를 그런 식으로 보내는 것 같았다. 한번은 가을쯤에 박 감독 부인이

"야! 다 집어치워라. 치워라 이제는 고추다! 고추 장사만 해야 된다. 아무것도 필요 없다."

소리를 치자, 박 감독은 아무 말도 못 하고 쥐 죽은 듯이 가만있

장사기

었다. 옆에서 지켜보던 허세가

"왜 그래요."

"성격이 본래 그래. 한번은 모가지를 비틀고 죽이려고 그랬어. 못 고쳐. 둘째 딸이 엄마를 많이 닮았어."

"참고 사네요."

"그럼 내가 어떡하겠냐."

허세는 머리를 갸우뚱거리며 약국으로 들어간다. 서 약사가 그때 마침 있자, 국장님이 성경책에 관한 이야기를 한 것이 생각나 말한다.

"국장님이 성경책에 나오는 빛보다도 마음이 제일 빠르다네. 마음으로 생각하면 금방 간다고."

서 약사가

"거짓 선지자!"

일하던 이양이라는 여직원이

"마저, 거짓 선지자. 국장님 말하는 것 앞뒤가 안 맞어."

이양은 종교가 역시 기독교였다. 밤이 되자 국장님이 나타나자

"국장님 지옥 가요. 그런 말은 하지 마세요."

"내가 왜 지옥을 가."

얼굴을 붉히며 짜증을 낸다.

"빛이라는 단어는 무서운 개념이에요. 「요한복음」 3장 21절에 '진리를 따르는 자는 빛으로 오나니.'라는 구절도 있어요. 여기서 빛은 예수 그리스도를 의미해요."

"그럼 내가 기독교야. 나는 후루쿠지만 원불교야. 허세! 나를 겁

주는가."

"다 국장님을 사랑하니까 하는 얘기지요."

그렇게 정적이 흐르고 허세는 잠시 자기 방에 돌아와 깊은 생각에 잠긴다. 벌써 공무원 시험을 준비한답시고 노량진에 온 지가 3년. 아무것도 해 놓은 것도 없고 매일 술이며 룸살롱을 다니니 참 한스러웠다. 어느 시에선 때론 풍류를 즐길 줄 알아야 한다는 말도 있지만 너무 자주 간다는 생각을 못 했다. 아니 생각을 했었다. 허세의 집이 부자라 그가 물려받을 부모님의 유산이 아직도 많이 남아 있었기 때문에 이 정도의 소비는 크다고 생각지 않았다. 허세는 뭐니 뭐니 해도 외로웠던 것이다. 먼 길을 갈 때는 친구와 같이 가고 짧은 길을 갈 때는 혼자서 가란 말처럼 같이 공부할 사람이 없었다. 괜히 공무원 시험을 준비했다고 생각 안 한 것은 아니다. 발을 담그고 나니 나이도 있고 해서 뺄 수가 없었던 것이다. 노량진을 벗어나 이사를 생각 안 한 것도 아니다. 대학 도서관에서 공부하려고 생각도 했다. 하지만 고향에서 수영하다 다친 어깨 근육이 아파서 도서관 의자에 앉으면 통증이 심해서 앉아 있을 수가 없었다. 학창 시절 꿈이었던 시인도 직장을 구하고 더욱더 공부하려고 했다. 아직도 그의 책꽂이에는 그가 좋아하던 시집들이 꽂혀있었다. 시인이란 해방구를 정하다 보니 일단 먹고는 살아야 되니까 안정된 직장을 구하려고 했던 것이다. 변명 같지 않은 변명이었다. 그러던 어느 날 장사기가 허세에게 또 약을 팔려고

"허세 피곤해 보여."

"요즘 행정법을 3회독 하고 나니 몸이 많이 축났어요."

"그럼 종합 비타민, 오메가3와 로열젤리 앰플을 먹어 봐."

"얼만데요."

"미제 종합 비타민이 3만 원. 오메가가 8만 원. 로열젤리 앰플은 45만 원."

"로열젤리 앰플은 뭐가 그래 비싸요."

"태릉선수촌에 들어가는 거야. 국가대표 축구 선수들도 먹어."

"알았어요. 카드 줄게요."

장사기는 그때 흐뭇한 미소를 짓는다. 장사기는 약을 많이 팔았는지 명소와 함께 술 한 잔을 하자고 했다. 술 한 잔을 하고 집에 오자, 허세는 잠이 오지 않았다. 그래서 그가 좋아하는 멘델스존의 피아노 협주곡 2번을 들으며 자는데 자꾸 어깨가 아파 왔다. 고향에서 겨울에 수영하다가 다친 곳이었다. 어릴 적에 산을 오르내리며 칼싸움을 하고 새총으로 참새를 잡으러 다녔던 허세 아닌가! 어린 시절 병 한번 안 걸리던 허세가 다 커서 왜 그리도 병마와 싸우는지 이해가 안 되었다. 앞으로 뭐가 될지 허세는 장래를 두려워하기 시작했다. 공무원 시험을 하고 있지만 날이 갈수록 치열해져 가는 경쟁력을 뚫어야 하는 부담감이 그를 힘들게 했다. 동네 정형외과 전문의는 허세가 처음에 노량진에 왔을 때 왜 그리 힘든 시험을 공부하냐고 말렸지만 허세는 1년만 하면 합격할 자신이 있었다. 그러나 갈수록 힘든 시험, 세상에 행정고시에 나오는 3300 어휘가 9급 공무원에 나오니 얼마나 공부를 해야 되는지 알만하였다. 그렇다고 중도에 포기하자니 공부한 게 억울하고 -마땅히 할 것도 없지만- 계속 하지니 시험이 두려웠다. 지쳐갔다. 피폐해지기 시작했다. 캄캄했다. 고향에 아파서 4년 정도 쉴 때 친구가 컴퓨터 보안 쪽이 전망이 좋으니 공부해 보라고 충고한 말이 떠올랐지만 그것도 실천하지 못했다. 대학교 4학년 때 정보처리 기사 1급을 갖고 있던 허세였다. 사실은 고향에서 병마를 어느 정도 이기고 소프트웨어 쪽으로 방향을 잡고 공부를 하고 있었다. 그런데 공무원 시험 광고가 나 또 공부를 하게 되었다. 허세는 오랜 병마를 겪어 합격해서 편하게 살고 싶어 했던 것이다. 소프트웨어 쪽은 공부를 평생 동안 많이 해야 되기 때문이었다. 그렇게 잠을 자고 아침에 일어나 보니 축농증이 생긴 데가 아파서 버스를 타고 가는 도중 상도동에 한 이비인후과를 보고 가니 의사가

"비염이에요."

"축농증이에요."

"제가 더 잘 알죠."

"먼저 본 의사는 축농증이라는 데요."

"축농증이 비염으로 바뀌었어요."

"수술해야 되나요."

"하지 마세요. 또 재발돼요."

정직한 의사 선생님은 참 인자한 형 같았다.

"꽃가루를 조심하세요."

"뭐해요."

"공무원 공부해요."

"경쟁이 치열한데. 약 먹고요. 비염 좋아지려면 술과 담배 끊고 운동 열심히 하세요."

"약 대체 조제해도 되죠."

"물론이죠. 제가 강남 세브란스병원에서 근무했어요."

"예 알겠어요."

하며 병원을 나온다. 비염, 이거 골치 아픈 병이었다. 조금만 바람이 불어도 마스크를 써야 하고 에어컨도 피해야 했다. 아니면 코가 아파서 죽을 지경이었다. 지하철도 에어컨 바람 때문에 못 탈 정도였다. 의사에게 하소연을 해도 아플 때만 병원에 오라는 것이었다. 몇 번 수술을 해달라고 해도 재발된다며 하지 말라고 하였다. 병원을 나와 받은 처방전을 들고 장사기 약국을 갔다.

"장사기 선생, 이비인후과 처방전을 들고 왔어."

"거기 약국을 이용하지 않고 우리 약국을 이용하는 것을 보니, 허세 의리가 있어."

"의리는 뭐. 형 그런데 만두 먹고 싶지 않아."

"배도 출출한데 사 먹을까. 요 밑에 만두 가게서 사 올게."

허세는 김치만두와 고기만두를 섞어서 3인분을 약국으로 사 가지고 온다. 그런데 마침 구봉이가 약국에 앉아 있었다. 허세가 같잖아하는 목소리로

"염 사장 먹을 복 있네."

구봉이 성이 염 씨였다. 구봉이는 화가 나서

"야 이 새끼야. 니 지금 뭐라 그랬어."

"염 사장 먹을 복 있다고 그랬어요."

이번에는 구봉이가 열쇠로 허세 옆구리를 찌르자

"이 씨팔 새끼 뭐 이런 게 다 있어."

하며 허세가 구봉이의 등과 가슴을 연타하며 마지막에 뒤통수를 때리자, 옆에 있던 국장님이 싸움을 말린다. 그래도 허세의 화는 풀리지 않자 밖으로 나가 빈병 한 상자를 들고 구봉이에게 던지려고 하자, 국장님이 말려 집으로 갔다. 그런데 뒤통수를 때린 손이 아프자, 병원에 엑스레이를 찍으러 간다. 아무 이상이 없다는 검사를 받고 오는데 성태에게서 전화가 왔다.

"허세야, 이야기 들어서 알아. 일단 구봉이 당분간 만나지 말고 내가 다 알아서 할 테니 걱정하지 말고 있어."

"알았어."

조금 있다가 구봉이에게도 전화가 온다.

"허세 내인데 그럴 수 있어. 난 자네보다 스무 살 위야. 어른에게 그러는 거 아니다."

"죄송해요."

허세도 잘못한 것을 알고 있었다. 순간적인 실수로 욱하는 성질을 못 참은 것이었다. 어릴 때부터 그런 성격 때문에 싸움을 많이 했다. 삼일 밤을 자고 그다음 날 약국을 들르자 국장님이

"허세 기가 세기는 센가보다 하루에도 몇 번 약국을 들리는 구봉이가 아예 약국에 오지를 않네."

그 옆에 있던 성태가

"바로 구봉이가 오라고 해서 가 봤는데, 구봉이가 내 손을 잡고 벌벌 떨면서 허세가 자기를 때렸다면서 억울한 표정을 짓고 있었어. 그런데 웃기는 것은 이십 대 두 놈을 데리고 와 허세를 손보려고 한 것을 내가 '꺼져 새끼들아.' 해서 다 쫓아 보냈어."

"내가 두 놈을 어떻게 이겨. 형 고생했어."

장사기가

"구봉이가 천식이 있는데 건강은 괜찮은가 모르겠네."

그 뒤로 약국에는 며칠간 정적이 흐른다. 며칠 뒤 허세가 약국에 들러

"국장님이 왜 이래 안 보이시지."

장사기가

"국장님 어머님이 많이 편찮으셔."

오후가 되자,

"국장님의 어머님이 돌아가셨대. 모두 익산으로 내려가야 돼."

"익산이 어디야."

"전라도 이리를 익산으로 명칭을 바꾸었어. 이리역 근처에 큰 사고가 나 익산으로 바꾸었어."

허세는 익산으로 가기 위해 성태와 처음으로 KTX를 탄다. 서울역에서 KTX를 타기 위해 성태가 안내양에게 익산으로 가는 차를 묻자, 성태를 무시하고 아무 말 없이 그냥 안내양이 지나가자, 성태가

"불친절하다. 신고하자."

지나가던 안내양이 인상을 쓰며 되돌아와 안내해 준다-성태가 인상이 안 좋아서 가르쳐 주지 않은 것이다-. 성태의 순발력은 당할 수가 없었다. 목포 상고 중퇴인데 지식과 재치는 가히 놀랄 만하였다. 정확히 알 수는 없지만 모든 지식을 신문을 통해서 얻는 것 같았다. 시사용어며 영어도 수준급 단어를 구사하였다. 아이큐

도 상당했으며 그의 형은 광주에서 사무관으로 일하고 있는데 운동권 출신이라고 하였다. 흠이 있다면 허세에게 너무 얻어먹는 것이었다. 그도 허세에게 신세를 많이 지고 있다고 주변 사람들에게 이야기를 많이 한다. 한편 열차가 출발하기 시작하자, 성태는 무슨 생각에 골똘히 빠져 있었다. 허세는 저번에도 가끔 그의 그런 모습을 보았다. 조직에 대해서 생각하는 것인지, 돈에 대해서 생각하는 것인지 알 수 없었다. 텅 비어 있는 것에서 하나씩 돌을 던져 채우려는 욕망과 같은 것이었다. '저런 모습에 이혼한 진영이 엄마가 결혼했나.' 하고 잠시 허세는 생각한다. 그러면서 성태는 잠시 잠을 청한다. KTX 고속열차가 익산에서 도착하자 허세는 안정된 신비로움을 느낀다. 도시는 허세에게 신선한 아름다움을 느끼게 한다. 새롭게 잉태되어 있는 도시 같았다. 그러나 장례식장 근처로 가자 밝은 불빛들이 아름다움을 더욱더 선사하는데, 그것은 룸살롱 불빛이었다. 허세는 '여기도 어쩔 수 없는 도시구나.' 생각하면서 원불교 방식으로 진행되는 국장님의 어머니 장례식을 치르는 것을 본다. 간단히 저녁을 먹고 나서 이야기가 오간 끝에 그 룸살롱을 가기로 한다. 국장님이

"익산 거기는 전주보다도 더 커서 전주 사람들도 많이 와."

일단 허세, 장사기, 성태와 명소가 가기로 한다. 룸살롱을 가기 전에 근처에 있는 나이트클럽을 가기로 한다. 허세는 썰렁한 나이트클럽에 식상해 세 명이서 술을 먹는 것을 보고 근처에 있는 대학교 교정을 구경 나갔다. 밤의 풍경이 자리를 안내하는 교정은 아름다웠다. 학생들이 공부도 열심히 해서 공무원이며 교사 시험도 많

장사기

이 되었다고 포스터를 내 걸었다. 뚜벅뚜벅 걸음을 걸으며 열심히 보는데 갑자기 허세의 학창시절이 생각났다. '내가 지금 무슨 지랄을 하며 이렇게 어울려서는 안 될 사람들과 다니는 걸까?' 그러나 허세는 지혜를 생각해 내질 못했다. 참으로 이 부분은 허세의 짧은 인생에 치명타를 가하는 부분이었다. 다시 나이트클럽으로 오자, 장사기가

"어디 갔다 와."

"대학교 교정을 구경하다 와."

"우리 룸살롱으로 옮기자."

거기는 독특하였다. 문을 열고 룸살롱으로 가는 것이 아니라 밖에서 벨을 눌러서 들어가는 것이었다. 일단 들어서자 대리석이 양옆으로 깔려 있고 문도 상당히 세련된 문양을 하고 있었다. 가는 길마다 양탄자가 깔려 있었다. 마담인지 삼십 대 후반의 여자가 인사를 하였다.

"어서 오세요."

"네 명이 왔는데 방 좀 안내해 주세요."

그리고 양주를 마시며 각기 짝을 데리고 노는데 허세는 피곤하다며 여자를 거부했다. 그런데 마담이 허세 옆에 앉았다. 허세는 잠이 와 그냥 졸았다. 두 시간이 지나고 잠에서 깨자 다들 술이 만취되어서 노래를 부르는 것을 본다. 이십 분 있다가 허세가 서울 올라가자고 해서 잘 놀았다며 장사기가 마담에게 인사를 하고 장사기 차를 타고 서울로 올라왔다. 그런데 일은 서울로 올라와서 터졌다. 장사기가 허세에게 33만 원을 달라는 거였다.

"내가 왜 33만 원을 조. 나는 양주 한 잔, 맥주 한 잔 안 먹었어."

"그래도 마담이 옆에 앉았기 때문에 조야 돼."

"나는 마담 손 한번 안 만졌어."

"마담이 여자 대신 앉은 거랑 같아서 주는 게 도리야."

허세는 어이가 없어 안 주려고 했다. 그러나 장사기는 계속 달라고 졸랐다. 순진한 허세는 계속 안 주다가 끝내는 33만 원을 주고 만다. 장사기는 계속 그렇게 사기를 치며 돌아다녔다. 돈도 많이 버는데 왜 그리 돈에 집착하는질 알 수가 없었다. 허세가 다시 한번 익산에 가자고 하자 둘이서 의기투합하여 익산에 가기로 한다. 장사기가 마담 전화번호를 알고 있어서 허세가 마담에게 전화를 하여 예쁜 아가씨로 초이스해 달라고 했다. 그러면 팁을 마담에게 주겠다고 했다. 마담은 좋아하며 빨리 내려오라고 했다. 익산에 내려가 재미있게 놀다가 서울로 올라오는 길에 장사기가 갑자기,

"허세, 차 기름값 좀 내 줘."

"알았어요."

그렇게 말하고 서울로 온 뒤 며칠 지나, 장사기가 차 얘기를 하며 돈을 좀 달라는 것이었다.

저녁 즈음 국장님에게

"장사기가 차 얘기를 하며 돈을 좀 달라네요."

"약국 밖으로 나가서 얘기하세."

"자꾸 돈을 달라네요."

국장님은 약국으로 들어가시고 허세는 집으로 갔다. 그러자 열시가 넘어 성태에게 전화가 온 것이었다. 허세가 목소리를 들어 보

니 무슨 긴급한 상황인 것 같았다.

"허세 약국 뒤에 있는 주꾸미 집으로 와."

허세가 도착하자 장사기가 상당히 상기된 표정으로 앉아 있었다. 성태가

"야 임마. 니 장사기, 장사기 하는데 장사기가 장 약사인 줄 알면 약국 망해 임마. 손님들이 도대체 장사기가 누구야 그래 임마."

"알았어. 이제부터는 약국에서 장 약사라 부를게."

"나는 국장님이 그렇게 화내는 거 처음 봐. 내하고 그렇게 오래 생활했는데 처음이야. 장부를 들고 '이게 왜 여기에 있어. 이거는 또 왜.' 하잖아."

"장 약사님이 돈을 달라 그래서."

"그 돈은 기름값 얘기야."

"그럼 기름값이라 그래야지. 무작정 차 얘기를 하며 돈을 달라 그래서."

세 명은 오랜 시간 주꾸미를 안주 삼아 소주를 먹으며 저녁 늦게까지 술을 먹었다. 이틀 뒤 저녁에 성태에게서 전화가 왔다.

"허세 우 마담이 맹장이 걸렸어. 동네 병원을 전전긍긍하다가 좀 더 큰 병원에 가니 맹장이 터져서 복막염이 됐대. 장 약사와 세 명이서 문안하러 가야 돼."

얼마 전에 아파트 아래 위층에 산다며 말하고 성태 아파트에 가니 성태는 누워 있고 우 마담은 서서 얘기하는 거 하며, 구봉이 가게에서 구봉이가 양주를 다섯 병 팔았다고 하자 우리 집도 양주 한 병도 못 팔았다며 하는 것 모든 것이 이상했다. 그래서 허세가 형

이 양주를 어떻게 파냐 하고 하자, "우 마담 가게 아르바이트하잖아."라고 한 애기 모두가 이상하였다. 뭔가 뇌리를 스치지만 물증을 확보 못 한 허세는 계속 고개를 갸우뚱거렸다. 뭐 그건 그렇고 일단 세 명 이서 각각 음료수와 과일을 들고 병원에 가자 우 마담이 웃는 얼굴로 누워 있었다. 반갑고 고마운 것이었다. 서로 이 애기 저 애기 하다가 병원을 나서는데 성태가

"우 마담과 이혼한 남편이 찾아와서 의사 선생님에게 우리 집사람 좀 살려 달라고 빌었데. 의사 선생님 말씀이 얼마나 남편이 간곡하게 말하는지 최선을 다해서 치료해 주었대."

그때 장 약사는 조용하며 겁을 먹고 있는 표정을 띠고 있었다. 굉장히 안절부절못하는 모습이었다. 그러면서도 한편으로 약간의 긴급한 미소를 띠고 있었다. 서로가 헤어지고 허세는 집에서 공부를 하다가 피곤해서 노량진 성태 아파트 밑에 있는 치킨 집 화순이 가게에서 화순이 와 치킨에 생맥주를 먹고 있는데 화순이가

"오빠! 진영이 만도 못해."

"내가 왜 어린 진영이 만도 못해."

"우 마담이 성태 마누라야."

"아니야, 마누라면 마누라라 말하지 그걸 왜 거짓말해."

"내인데 뭐라 한 줄 알아. 우 마담이 자기 애인이래."

"뭐."

깜짝 놀라며 당장 허세는 성태에게 새벽 세 시에 전화를 한다.

"화순이가 그러는데 우 마담이 형 마누라라며."

"아니야 거짓말이야."

성태가 전화를 끊고 바로 화순이에게 전화를 한다.

"이 씨팔년아!"

그다음 말은 허세가 듣지를 못한다. 그다음 날 성태가 화순이 가게를 찾아간다.

"니 조디 잘 못 놀리면 알지."

그 소리를 듣자 화순이는 겁이 나서 경찰을 부른다. 경찰이 오자 성태는 이런저런 얘기를 하며 경찰을 돌려보낸다. 화순이도 아무 일이 없었던 듯이 가게로 들어간다.

"내가 경찰을 무서워하나."

허세에게 말한다. 밤에 허세가 장 약사에게 전화를 한다.

"장 약사님 이게 어떻게 된 거예요."

"이제부터는 허세가 성태를 데리고 노는 거야."

"그래요."

그다음 날 성태가 아들 진영 이를 데리고 와서

"진영아! 엄마가 우 씨야 이 씨야."

"이씨!"

허세는 어린 진영이가 거짓말할 리 없다고 생각하고 화순이가 잘 못 알고 그랬다고 믿는다. 아니 명확하게 확신했다. 그것은 허세에게 종교적 믿음과 같았다. 순수와 비순수의 차이가 백지 한 장의 차이일까? 그러지는 않을 거라고 생각하고 순수한 진영이의 여린 동심의 말을 믿는다. 성태와 허세는 화순이 욕을 하며 우정의 소주잔을 건배한다. 그리도 일주일 뒤 성태를 본다. 성태는 얼굴이 시뻘게 가지고 약국을 왔다 갔다 한다. 알고 보니 얼마 전에 우 마

담 가게에서 셋이서 먹은 술값을 아직 내지 않아서 그랬다. 허세가

"왜 그래."

하자

"몰라 새끼야."

라고 말한다.

성태에게 처음 듣는 욕이었다. 그 뒤로도 몇 번 욕하는 것을 듣지만 모두가 돈과 연관될 때 나오는 욕이었다. 처음 욕을 하는 성태의 얼굴 표정은 가히 놀랄 만하였다. 정신없이 이리저리 띠며 돈을 못 받을까 봐 생 용천을 하는 그의 얼굴은 동물과 같았다. 예전에 국장님과 장사기 이렇게 네 명이서 술을 한잔할 때 자기의 조직생활을 이야기한 적이 있었다. 처음 서울에 와서 돈은 한 푼도 없지 매일 싸움을 하고 서울의 조직 패 두목이 보는 앞에서도 여러 명과 싸움을 했다고 했다. 약국 옆집 횟집 아저씨도 그맘때쯤 성태의 명성을 들었다고 한다. 허세는 조직이 그렇게 돈에 약한 줄은 몰랐다. 예전에는 의리와 충성으로 이루어진 조직이 돈에 의해 움직이는 거였다. 자기도 그런 말을 한 적이 있었다. 허세가 난처할 때 버스 몇십 대를 동원해 준다고 할 때 허세는 자기 후배 동생들을 데리고 오는 줄 알았다. 데리고 오기는 오는 데 사건 해결한 뒤 여자와 양주는 사야 된다는 것이었다. 허세는 '그럴 거 같으면 버스를 왜 불러. 해결사 부르지.' 혼자 생각했다. 아무튼 성태는 가정이라는 진영이를 가졌는지 진영이에게 만큼은 꼼짝을 못했다. 진영이도 엄마 없이 살아도 아빠 없이 못 산다고 할 정도였다. 그런 일이 있은 뒤 허세도 올해는 꼭 합격한다는 기치 아래 밤 열 시 너머까지 열심히

공부를 했다. 그런데 갑자기 성태에게서 전화가 왔다.

"허세 돼지껍데기 구워 먹자. 장 약사랑 국장님도 같이 계셔."

"안돼. 나 공부해야 돼."

"작살 낸다."

허세는 장난치는 이 단어에 매료되어-아직 허세는 동심이 남아 있어- 성태랑 돼지껍데기를 구워 먹는다. 허세는 냄새가 나 먹지를 못한다. 그러나 좀 더 바싹하게 굽자 쫄깃쫄깃해서 매우 맛이 있었다. 돼지껍데기는 콜라겐 성분이 있어서 피부에도 아주 좋다는 말을 성태에게 듣는다. 흡사 순대와도 비슷했다. 무슨 말이냐 하면 처음 허세가 서울 올라왔을 때 순대-사실 처음은 아니었다. 둘째 누나가 시집갈 때 엄마가 집에서 만든 것을 먹어 본 적이 있는데 맛이 별로였다-라는 것을 포장마차에서 먹었다. 도무지 입에 맞지 않았다. 그러나 자꾸 먹으니까 맛이 있었다. 돼지껍데기가 그와 비슷했다. 이런저런 얘기를 하던 중 국장님이

"요즘 젊은 사람 욕할 게 못 돼. 공부 열심히 하는 친구들이 얼마나 많은지, 삼십 대에 세상의 이치를 깨우치는 사람이 있으니 말이야. 얼마나 열심히 공부를 했겠어."

"역사는 소수의 창의성을 가진 신진세대에 의해서 움직이는데요. 왜 기성세대가 신진세대 의해서 지는가 하면요. 기성세대의 논리의 모순 다시 말하면, 신진세대가 기성세대와 싸울 때 신진세대가 논리의 모순을 가지지 않기 때문이에요 그럼 왜 기성세대가 논리의 모순을 가지냐 하면요 신진세대들이 가지는 역사의 감각을 따라잡지 못하기 때문이에요. 모든 싸움에서도 이런 현상이 나타

나요. 지는 쪽이 자신의 논리의 모순에 빠지기 때문이에요. 기성세대가 그럼 신진세대를 이기기 위해서는 무엇을 해야 하는가? 신진세대들이 가지는 공부의 양도 중요하지만 신진세대들의 문화를 이해하고 정열적으로 모방 내지 습득하는 것과 역사적 감각을 따라잡는 것이 중요해요."

"허세 많은 것을 아. 그럼 자네가 가지는 신앙에 대해서는 어떻게 생각하는가?"

"신앙(信仰)과 신념(信念)이란 것이 있는데요. 신념은 말 그대로 자기의 생각을 믿고 행동하는 것입니다. 신앙은 믿을 신에 우러를 앙 자, 우러러 신에 대에서 기도를 하고 신의 응답을 들으면 그때 행동에 옮기는 것입니다. 이런 말을 하면요 세상에 그런 것이 어디 있어 하는데요. 성경책에는 그런 말씀이 나와요."

"그래. 나도 이젠 성경책을 조금씩 읽어 봐야겠군."

"성경책은 동서고금을 막론하고 최고의 베스트셀러입니다. 제가 행정학 과목을 대학교에 다닐 때 한 교수님에게 들었는데 이런 말씀을 하시더라고요. 매일 한 책을 한 시간씩 꼭 읽는데 '이 책 하면 제다라는 말을 듣도록 하라.'라고 말씀을 하시더라고요. '그중에 성경책도 포함된다.'라고 말씀하셨어요. 모두가 의미 신장하게 새겨야 할 부분 아닐까요."

"허세 오늘 좋은 말 많이 들었네."

그렇게 오랜 대화의 끝에 잠을 자고 올해는 합격하겠다는 기치를 재확인하고 5시간을 연달아 공부하고 머리를 식힐 겸 약국에 가자, 장사기가 젊은 여자와 티격태격거리고 있었다.

"저 약사님이 주신 연고 약 바르고 이렇게 다리에 흉터가 생겼어요."

"이 연고 바르면 좋은데."

"젊은 제가 미니스커트도 입어야 되는데 어떻게 하실 겁니까."

허세는 '약사가 연고를 잘 못 주어서 흉터 나게 하나.' 한참 생각하고 있는데 또 둘이 싸움을 한다.

"이 연고 바르고 흉터 난 사람 한 번도 없었어요."

"말이 되는 소리를 하세요."

"저는 정당한 연고를 주었습니다."

한참 생각한 아가씨는

"저는 약사님의 미스라고 봐요."

라며 약국을 떠난다. 장사기가 또 사기를 쳤나 허세는 생각하고 있는데 장사기가 시뻘건 얼굴을 하고 옆집 빵집 가서 아이스크림을 두 개 사 오라는 것이었다. 둘이 아이스크림을 먹고 있는데 허세가 장사기가 먹고 있는 모습을 보자 아가씨에게서 받은 스트레스를 얼음으로 식히고 있는 중이었다. 장사기는 "씨발 괴발." 거리면서 혼자서 계속 중얼거렸다. 허세는 정말 이상했다. 사기를 쳐도 때에 따라 쳐야지 큰 가격(건강기능식품)을 위주로 쳐야지 값이 싼 민감한 연고에 치면 안 되질 않을까? 아니 장사기도 그걸 알고 있으리라고 생각했다. 이번 케이스는 예민한 연고의 지식으로 아니 잠깐의 실수라고 생각하기로 했다. 왜 그리 허세는 장사기에게 후한 점수를 주는질 알 수 없었다. 그런 일이 있는 뒤 성태가 자기 고향 무안에 가자고 했다. 장사기, 허세, 성태 그리고 국장님 네 명이서 가기로 했다. 차는 장사기 차로 가는데 논산평야를 가로질러 무안에 이르자 양파를 캐느라고 아주머니들이 무척 바빴다. 이곳은 양파가 대량으로 재배되는 것 같았는데, 가히 어마어마하였다. 허세가 가 보지는 않았는데 무안 공항이 근처에 있고 성태가 가지고 있는 땅도 꽤 된다고 성태에게 들었다. 성태 누나가 있는 집에 이르자 바다가 바로 육지와 맞닥뜨려져 있었다. 가히 놀랄 만한 광경이었다. 허세는 한 번도 보지 못한 곳을 보자 가슴이 많이 저려왔다. 무슨 이국에 온 느낌이랄까? 허세는 그런 바다를 보며 또다시 상념에 잠긴다. 어울려야 되질 않을 사람들, 그러나 허세를 좋아하는 사람들-허세의 돈을 좋아하는 사람들-과의 존재를 재정비해야 된다는 상념이 가슴 아프게 와 닿았다. 그러나 허세는 그러질 못했다. 존재란 그의 인생의 목적을 위해 계속 가지치기를 해 나가면서 우주를 관조하며 걸어가는 단아한 모습의 방향키임을 허세는 깨닫지 못했다. 그는 고독에 고독을 첨가하고 있었으나 아무런 해답도 찾지 못하고 그렇게 바다를 보며 시간을 보냈다. 삶이란 필연적 우연성 속에서 항상 허우적거릴 것이 아니라 계속 인연만을 가슴에 안고 마라톤을 뛰는 선수처럼 배턴을 쥐고 달려야 하는데 말이다. 아직 허세는 생의 이해가 부족했고 성태의 조직에 대한 향수에 젖어 들어 있는 초등학교 정신 연령를 갖고 있었다. 불쌍한 아이 같았다. 허세의 어머니는 그런 허세를 너무 사랑하고 한없이 믿고 있었다. 왜 허세는 늙은 어머니를 생각하지 않는가? 어이없는 사람처럼….

회가 준비되었다고 성태가 말하였다. 바다를 보며 먹는 회의 맛은 천하일미였다. 각기 다른 회가 한 상 차려지자 서로 너나 나나 할 거 없이 먹느라고 정신이 없었다. 그렇게 배불리 모두 다 맛있게 먹자, 성태 누나가 썬 회 값은 웬일로 성태가 낸다고 하였다. 허세가

"형이 웬일로 낸다고 하노."

"빈대도 낯짝이 있다고 하는데 고향에 국장님도 모시고 왔는데 내가 내야지."

"알~고 벼룩이 간을 빼먹는다고 우리가 합쳐서 낼 게."

"아니야 내가 낼 게."

"그럼 형이 내라."

"하늘이 오늘은 달라 보인다."

허세는 희죽 희죽 웃는다. 그렇게 휴식을 취하고 있는데 국장님이 올라갈 때는 장 약사만 전주에 볼일이 있으니 차 타고 가고 나머지는 목포에서 고속열차를 타고 가자고 했다. 모두 찬성하였다. 그때 국장님이

"허세 고속열차 차비 있어."

'무슨 말이야.', 허세는 곰곰이 생각했다. '회 값은 성태가 냈고 고속열차 값은 국장이 낼 테니 니는 뭐 하느냐 말이었다.'

"고속열차 값있어요."

'아니 내가 대학병원 약 처방전까지 두 달에 한 번씩 다 주고, 뱅뱅 사거리 룸살롱비도 다 내었는데 그 갓 고속열차 값 –얼마 된다고- 가지고 그래.' 허세는 섭섭하였다. 물론 허세는 따지고 그러는 게 아니었다. 이치를 말하자면 그러는 거였다. 그렇게 셋이서 고속

열차를 타고 서울로 올라왔다. 그다음 날 머리를 새롭게 한 허세는 독서실에서 15시간의 공부를 강행군하고 약국에 가자, 야간 일을 하는 서 약사는 평소와는 다르게 허세를 본다.

"허세 씨 지금까지 공부하고 오시는 거죠."

"예."

"열심히 하시네요."

"건강도 생각하셔야죠."

그러면서 허세와의 대화를 즐긴다. 사실 허세는 서 약사를 성경책에 나오는 현숙한 여인으로 생각하고 있었다. 장 약사에게도 서 약사는 현숙한 여인이라고 몇 번 얘기했다. 그러나 이성적으로는 한 번도 생각한 적은 없었다. 그냥 누구나 아는 Y대 화학과를 나오고 용모가 단정하고 차분하고 예의가 바른 여인으로 생각하고 있었다. 그렇게 세월은 흘러 어느 봄이었다. 장사기가 한참 고민을 하고 있었다. 성태가

"뭘 그리 고민을 해."

"사실은 아산에 있는 여자 약사를 내가 좋아하는데, 거기 남자 약사도 여자 약사를 좋아해. 내가 문자로 여자 약사와 채팅을 하니, 나에게 문자 하지 마라고 겁을 주네. 좀 일을 처리해 줘."

"알았어."

둘은 아산으로 내려간다. 약국에 들어가자, 아산에 있는 남자 약사가

"너희들 뭐야."

대번 성태는 손가락으로 배를 찌른다. 급소를 맞자 데굴데굴 구

르기 시작한다. 장사기가

"너 한 번만 나에게 문자 넣으면 해변가의 모래사장에 가서 묻어 버린다."

그런 일이 있은 후 그 남자 약사는 창피해서 아산 약국을 떠난다. 일이 잘 해결되자 장사기는 성태가 그런 일은 잘 처리한다고 칭찬을 아끼지 않았다. 그런 일이 있은 후 갑자기 장사기가 삼신증권회사 얘기를 자꾸 하였다.

"형 왜 자꾸 삼신증권 얘기를 해."

"글쎄 삼신증권 이기수 씨가 내 펀드를 35%나 올려놓았어. 천재야 천재. 증권 자격증도 갖고 있어."

그만 허세는 귀가 솔깃했다. 그간 돈도 많이 유흥비로 날려 돈 좀 벌면서 공부할까 하는 생각이 들었다. 어머니에게 당장 전화한다.

"엄마 400만 원 적금 들어 있는 거 보내요. 펀드 좀 할게요."

"한 장 되나."

"한 장 돼요."

"그래 보내마."

순진한 허세 어머니는 돈을 보낸다. 당장 허세는 이기수 씨를 만나 계약서를 쓰자 그러자

"지금 마감 시간 되니 내일 계약하시죠."

"아니요. 오늘 해요."

"그럼 할 수 없네요. 제 차 타시고 보라매 지점으로 가시죠."

보라매 지점에서 계약서를 쓰고 그다음 날 보니 펀드가 조금 올라 있었다. 허세는 기분이 좋아 당장 대학에서 즐겨 읽던 한서경

제 신문을 구독한다. 대학교 때 허세는 한서경제 신문을 매일 지하철에서 한 시간씩 꼭 읽었었다. 허세는 경제에 대한 감각을 언제나 자신 있어 하던 차였다. 경제용어가 모르는 것이 나오면 경제용어 사전을 찾아 가며 꼼꼼히 읽었다. 대학 시절 펀드가 아닌 실전 투자도 하고 싶었으나 공부가 바빠서 뒤로 미루었다. 그렇게 한 달 덜 된 뒤 어디에 어떻게 이루어지는 줄 몰라서 담당자인 김수성 씨에게 전화를 한다.

"여보세요 박허세입니다. 어떻게 펀드가 투자되나요."

"○○○○상품인데요. 우량주 몇 주랑 코스피를 골고루, 코스닥이 약간 들어간 상품입니다."

목소리를 듣자 체격이 좀 왜소해 보이는 목소리였다. 그런데 신뢰가 가는 믿음이 있었다. 그렇게 두 달 정도 공부를 하는데 장사기가 헬스장 얘기를 하였다. 자기가 살을 많이 뺐다고 하였다. 허세도 따라서 헬스장 등록을 하였다. 그런데 거기서 오십 대 후반의 사람을 만났다. 김 사장이라고 하였다.

"저는 박허세입니다. 지금 뭐 하세요."

"주식을 하고 있네."

"그래요. 저는 공무원 공부하면서 펀드 하고 있습니다."

그러면서 어울리기 시작한다. 허세는 경제 신문에서 투자할 우수 종목이 나오면 김 사장에게 주곤 했다.

# 주식

# 주식

숨은 저평가 우량주를 종목 분석 발굴해 준다고 인터넷에서 떠든다.

내일부터 상승주의 정보인 교육 자료를 배포해 준다고 말한다.

주식 관망해 보세요. 무료체험 가능이라고 문자가 온다.

주식(株式)이 사람을 웃게도 하고 울게도 한다.

주식 하는 사람들은 자기가 가장 주식을 잘한다고 생각한다.

그러면서 다른 사람에게 묻기는…

내가 생각한 대로 해야 돼.

남이 주는 정보는 믿을 수가 없고 안 되더라 라고 주장한다.

그러면서 그 주식을 사기는…

모든 주식은 차트에서 나온다고 말한다.

차트는 개뿔 차트 ―무너지는 것은 한순간―

주식은 잃어도 재미있고

벌면 더욱더 재미있으므로 도박이다.

―주식은 알면 알수록 미로다―

···

   갑자기 돈이 필요하게 되었다. 고향에 있는 어머니에게 자꾸 돈 달라 소리도 하기 뭐해서 대학교 친구인 성찬이에게 전화를 한다.

"성찬아. 잘 지내야."

"어 잘 지내."

"돈 40만 원만 빌려줘."

"나도 친척이 돈 35만 원 빌려 갔는데 달라 하기도 뭐하고 받지 못할까 봐 돈 못 빌려준다."

"나도 대학교 때 너 급할 때 돈 빌려주었잖아."

"그건 잠깐 쓰는 거지."

"나도 잠깐 써. 우리 집 부자인 줄 모르냐."

고민하다가

"알았어. 빌려줄게."

   돈을 받자 유용하게 쓴다. 그리고 계속 독서실에서 인터넷으로 기사를 읽으며 공무원 공부를 병행하는데 적금 이자를 10%나 준다는 은행이 학동역 근처에 있다는 것을 읽고 은행에 전화를 한다.

"부신은행이죠. 정말 10%로 이자를 주나요."

"물론입니다."

"예, 알겠습니다. 적금하러 갈게요."

장사기

그렇게 전화를 끊고 어머니에게 전화를 한다.

"엄마 3,000만 원 적금 들어 있는 거 보내요."

"허세야 안 그래도 서울 올라가 돈 많이 썼는데, 이 돈 어떻게 하려고 그러니."

"서울에 신용 좋은 부신은행이라고 있는데 적금 이자를 연 10%나 준대요. 어머니 이름으로 통장을 만들어 줄게요. 걱정하지 마세요."

"내 이름으로 한다꼬."

"예 엄마 이름으로 해요."

"알았다. 보내마."

또 순진한 어머니는 돈을 보낸다. 입금이 확인되자 당장 부신은행으로 간다. 가니 사람들이 어떻게 부신은행을 알았는지 인산인해였다. 적금을 넣는 데 너무 오래 걸린다고 말하였다. 내일 올까 생각도 했지만 마찬가지라는 직원의 얘기를 듣고 기다리기로 했다. 사실 허세도 출금은 은행 시간이 지나면 할 수 없지만 입금은 시간이 지나도 할 수 있다는 것을 어머니와 함께 고향 은행에서 입금할 때 어머니에게서 들어 알고 있었다. 그렇게 기다리고 있는데 지루해서 나이든 어르신과 오십 대 초반의 아저씨와 이 얘기 저 얘기를 한다.

허세가

"여기 어떻게 알고 왔어요."

"장사를 이 근처에서 하다 보니 알게 되었어."

"아저씨는요."

"나는 뭐."

말을 흐린다. 어르신이

"자네는 어떻게 알고 왔는가."

"펀드를 하는데 인터넷 기사 정보를 보고 왔어요."

"근데 5,000만 원 이상하면 안 돼요. 은행 부도나면 못 찾아요. 그런데 그게 이자 포함 5,000만 원이에요. 그러니까 사전 900만 원 하고 이자가 200만 원 되면 못 찾아요. 그런데 채권은 넘어도 아무런 상관없어요."

아저씨가

"다 알지 신용등급까지 확인하고 왔어."

"그거 어떻게 알아요."

"금융 감독 위원회에 홈페이지 접속하면."

'내보다 한 수 위구나.' 허세는 생각한다.

어르신이

"자네 젊은 친구가 대단하네."

그렇게 오래 기다리다가 적금을 넣고 난 뒤 어머니에게 통장을 보내고 노량진 원룸으로 온다. 그런데 우리는 여기서 조심스럽게 생각할 게 있다. 허세가 적금을 넣었을 때 통장에 사인을 했을까 도장을 찍었을 까이다. 허세는 도장을 새겨서 간 것이다. 그럼 우리는 또 한 번 생각할 게 있다. 그 돈 3,000만 원 과연 어떻게 될 까이다. 그건 그렇고 그런데 허세가 한 달 정도 펀드를 하다가 인터넷 신문에서 약간의 미흡한 한국 경제 소식이 들렸다. 그래서 김 수성 담당자에게 전화를 했다.

"김허세입니다. 펀드 팔려고 -두 달 정도 펀드를 했다- 하는데 얼마 벌었어요."

"40만 원 벌었어요."

"팔아 주세요."

"펀드는 세 달은 기본적으로 하는 겁니다."

그래서 허세는 할 수 없이 그대로 펀드를 가지고 간다. 그런데 잠을 자려고 하다가 갑자기 깨어서 성찬이 돈도 갚아야 하고 펀드도 40만 원 벌었겠다, 적금을 깨서 펀드도 더 투자해야겠다는 생각이 들었다. 적금은 새긴 어머니 도장으로 했으니까 통장은 새긴 도장으로 분실 신고 내서 하면 되고 문제는 주민등록증이었다. 그러나 문제될 것이 없었다. 어머니를 병원에 모시고 다녀서 주민번호를 외우고 다녔다. 그래서 1,500만 원만 찾고 1,500만 원은 다시 적금에 들었다. 그리고 600만 원을 펀드에 더 투자한다. 물론 나머지로 성찬이 돈도 갚는다. 이 사실을 성태에게 얘기한다.

"허세야 니 1,500만 원 적금은 쓰면 안 된다. 엄마가 고생해서 버신 돈이야."

"알았어."

장사기와 펀드를 더 넣고 남은 돈을 유흥비로 쓰면서 공무원 공부도 덜 하게 된다. 그런 후에 또 인터넷 신문을 보자 미국 소식이 안 좋았다. 미국 쪽이 극복한다는 소식도 있고 못 한다는 소식도 있었다. 그런데 극복한다는 긍정적인 기사를 읽자 계속하기로 결정했다. 골치 아픈 주식 때문에 시간을 무서워하는 하는 허세는 약국으로 간다. 서 약사를 보자, 주식을 잊기 위해 대화를 시작한다.

"어떻게 하다 믿음을 갖게 되었어요."

"결혼을 하고 시어머님이 성경책을 주며 읽어 보라 그래서요."

"그 많은 성경 지식은 어떻게 알았어요."

"교회 그룹 스터디를 통해서요."

한 참 얘기를 하다가 서 약사가 그때 즈음에 경제 신문을 읽고 있었고 주식에 투자를 하는 줄은 정확히 몰랐지만 상당한 주식 실력을 갖고 있음을 알고 있던 차였다.

"서 약사님 직접 투자하는 것 어떻게 생각하세요."

"한번 해 보세요."

그 말을 듣고 용기를 내어 김수성 씨에게 전화를 한다.

"직접 투자하려고 하는데 어느 종목이 좋아요."

"두성 중공업 해 보시죠."

"예 알겠습니다."

그리고 집에 와서 있는데 갑자기 막내 누나에게서 전화가 왔다.

"허세야 엄마가 건강이 안 좋은 것 같아 전화해 봐."

당장 전화를 한다. 기침하는 소리가 들리는데

"엄마 어디가 아파요."

"전화하지 마라. 아프니까."

폐렴 같은 느낌을 받자, 동서울 버스를 타고 고향으로 간다. 고향 집에 가자 어머니 친구분들이 여럿 모여 있고 엄마는 누워서 기침을 하였다. 허세는 친구분들에게 큰절을 하고 어머니에게 다가가자, 모두 친구 분들이 나갔다.

"엄마 딸기하고 청포도 사 왔는데 먹어 봐요."

어머니는 과일을 모두 밀치며 드시지 못했다. 사태의 심각성을

장사기

안 허세는 택시를 집으로 부른다. 어머니는 안 갈려고 하자 어깨를 잡고 겨우 택시에 태워 병원으로 간다. 의사가 검사를 하더니 세 군데가 문제 있다고 하자, 병원에서 택시를 타고 시외버스 정류장으로 가서 서울로 간다. 서울 노량진 근처 시립병원 응급실에 입원시키자, 셋째 누나가 조금 뒤 도착한다. 허세가 의사에게

"폐렴 아니에요."

"맞아요."

허세는 누나에게 어머니를 맡기고 집으로 와 잠을 잔다. 아침 일찍 누나에게서 전화가 와 받으니 보호자 주민등록증이 있어야 한다고 그래서 병원으로 간다. 일 처리를 끝내고 두성 중공업이 어떻게 되었는지 궁금해서 근처에 있는 PC방으로 간다. 여간 신경이 쓰이는 것이 아니었다. 보라매 빌딩 사이로 내리치는 꽃샘추위는 더욱더 허세의 만성 비염을 악화시키고 있었다. 당장 김수성 씨에게 전화를 해

"두성 중공업 재미도 없고요. 직접 투자 머리가 아파서 못 하겠어요."

"그래 제가 뭐라 그랬습니까. 펀드를 해야죠. 직접 투자는 인생을 알고 사회를 알기 위해서 하는 겁니다."

"아 그래요."

당장 약간의 손실을 보고 두성 중공업을 팔아 치운다. 그때쯤 어머니의 병도 완쾌가 되어 가고 있었다. 그러자 굴을 맛있게 근처에서 먹었던 기억이 나, 청포도와 사 가지고 갔다. 어머니가 맛있게 드셨다. 청포도도 잘 드시자

"고향에서는 못 드셨잖아요."

"그때는 입에서 안 댕기데."

문 여는 소리가 들리자 의사가 들어왔다.

"허세 씨 어머니는 잠깐 나가시죠. 세 군데가 안 좋은 데요. 폐렴은 다 나았고요, 위궤양과 기스트(GIST(Gastrointestinal stromal tumor))입니다. 위궤양은 약 먹으면 낳고요. 문제는 기스트입니다. 소장 쪽에 난 혹입니다. 악성은 아닙니다. 수술을 해서 혹을 제거한 뒤 소장과 소장을 붙여야 합니다. 요즘 많이 생기는 병입니다."

그렇게 대수술을 하고 나자 어느 정도 엄마 얼굴에 화색이 돌았다. 그런데 성태가 병문안을 장 약사와 같이 가야 된다고 하였다. 그래서 오라고 하였다. 병원 앞에서 만나 안으러 들어가는데 성태가 비싼 과일 주스를 매점에서 사자, 장사기가

"저거 비싼 거야."

"형은 박스에 든 거 뭐야."

"응, 약국에서 가져온 항암에 좋은 음료."

그건 한 병에 500원 하는 값싼 음료였다. 물론 항암제는 항암제였다. 허세가 그렇게 돈을 썼는데 500원짜리 음료를 가지고 오냔 말이다. 그것도 약국에 있는 음료로 말이다. 그렇게 허세 어머니에게 인사를 하고 그들은 헤어진다. 그리고 어머니는 완쾌가 되어서 고향으로 내려가 또 열심히 일을 한다. 허세는 다시 안정을 찾고 약국에 가서 장 약사와 어머니 병에 대해서 얘기를 하는데 자영이라는 인상이 좋은 할머니가 들어왔다.

허세가 장사기에게

"누구예요."

"복덕방 운영하는 할머니."

얼굴에 점이 하나도 없는 깨끗한 얼굴을 보자.

"할머니 얼굴에 점 다 뺏죠."

"응, 우리 가게 놀러 와."

"예"

그때 마침 선화라는 다른 할머니 한 분이 오셨다. 두 분이 같은 나이로 친구였다. 그런데 일은 그다음 날 터졌다. 명소가 국장님이 결제를 안 해 준다며 자영이 할머니 가게에서 선화 할머니가 계시는데 얘기를 한 것이었다. 사실을 선화 할머니가 국장님에게 일러 주었다. 국장님에게 결제를 빨리해 주라는 것이었다. 국장님이 화가 나서 당장 명소를 약국으로 불러들인다.

"명소! 거래 끊어! 뭐 결제를 안 해조."

"아이고, 국장님 죄송합니다. 제가 입이 싸서 그만 실수를 했네요."

마음이 너그러운 국장님은 조금 결제를 해 준다. 명소는 담배를 세 가치를 연달아 피우며

"선화 할머니 입이 왜 그래 싸. 죽겠네."

라고 말한다. 그런데 사람들이 부동산 가게에 많이 모이자, 자영이 할머니가 묘한 웃음을 짓는다. 그러면서 자기가 돈이 많다면서 집 자랑을 하였다. 남편이 종로에서 주차장을 경영한다면서 그 땅만 해도 굉장한 부자라고 했다. 그것을 허세는 그대로 믿는다. 그즈음에 여럿이 약국에 사람들이 모이기 시작한다. 그러다 성태 얘기가 나왔다. 성태와 우 마담이 부부가 아니라고 허세가 말하자,

자영이 할머니는

"부부야, 둘이 아파트 보러 같이 왔어. 허세 왜 그래 순진해."

"부부면 부부라고 하지 왜 거짓말을 해. 속일 이유가 없잖아."

"그 속은 모르지. 조물주만 알겠지."

그러며 얘기를 하다가, 허세가

"그건 중요한 얘기가 아니 구요. 지금 미국 쪽에서 경제가 심상치 않아."

장 약사가 "뭐 그런 걸 걱정해."

장사기는 천지도 모르고 말한다. 지금 세상이 어떻게 돌아가는지 알지도 못하고 경제에 대한 감각도 모르며 얘기한다. 허세는 한숨을 쉬며

"잘 될까?"

"잘되 걱정하지 말어."

"미국이 나빠지면 우리는 끝이야."

"그래. 니는 1,000만 원 정도 투자했잖아."

"나는 훨씬 더 돼."

"서 약사님 경제에도 밝은 것 같은데 미국 경제 어떻게 생각하세요."

"저도 잘 모르겠어요."

허세는 또 한숨을 쉰다. 서 약사가 밖으로 가자, 장사기가

"걱정하지 말고 우 마담이 하는 룸살롱이나 가자."

"그래 스트레스나 풀자."

그러면서 장사기가 명소를 부른다.

"저녁에 약국에 와 좋은데 가자고."

낌새를 차린 명소는

"알았어."

그렇게 장사기, 허세, 성태와 명소가 저녁에 모인다. 허세가 앞장서 진두지휘하는데, 낼 돈의 할당량을 정한다. 모두가 의기투합하고 초이스 클럽으로 가기로 한다. 노량진에서 택시를 잡고 초이스 클럽 앞으로 가자 우 마담이 가게 앞에서 기다리고 있었다.

"어서 오세요. 성태 씨에게서 오신다는 말씀 들었어요. 지하로 내려갈까요. 제일 큰 방 1번 VIP실로 가시죠."

모두가 방에 들어가 앉자, 양주를 2병 큰 거로 가지고 온다. 모두가 한 잔씩 하는데 아가씨 보도들이 들어온다. 물론 초이스 순서는 허세가 먼저 한다.

"돈 많이 낸 사람 순서대로 초이스하는 거야."

현금에서 앞서 있는 허세가 말하자, 전부 쥐 죽은 듯이 가만있었다. 아가씨들이 폭탄주로 술을 돌리며 옷을 벗는다. 분위기는 더 좋아지고 양주 네 병을 순식간에 먹어 버린다. 우 마담도 섹시한 옷으로 갈아입고 약간의 리드미컬한 춤을 춘다. 엉덩이를 살짝살짝 흔들며 살며시 올리는 춤을 춘다. 갑자기 허세가 노래를 부른다. 노래가 끝나자 앵콜이 연속 나온다. 서로 노래를 부르며 노는데 명소가 좋은 -들어 보지 못한- 옛날 노래를 많이 불렀다. 그러자 성태가

"돈은 없는데 노래는 잘하네."

라고 핀잔을 준다. 그렇게 다 놀고 노량진으로 택시를 타고 오는

중에 갑자기 명소가

"내가 대통령이 돼야 돼."

'술을 아무리 먹었기로 소니 별소리를 다 하네. 약국에 약도 못 팔아 절절매는 주제에 나오는 대로 말한다.'라고 허세가 속으로 생각한다. 노량진에 도착하자 허세를 빼고는 담배를 피운다. 그런데 성태가 명소를 보는 눈이 예사롭지 않았다. 성태는 명소를 굉장히 싫어했다. 매일 얻어먹고 다녔기 때문이었다. 그러면 명소는 누구를 싫어했을까? 명소는 장사기를 좋아하지 않았다. 돈을 버는 거에 비해 쓰지 않았기 때문이었다. 명소가 성태는 겁을 내었다. 주먹이 두려웠기 때문이었다. 몇 번씩 기분 나쁜 말을 던져도 꼼짝도 못 하였다. 정말 돈은 무서웠다. 현금을 많이 가진 허세를 속으로는 몰라도 한 명도 싫어하는 사람이 없었다. 그다음 날이었다. 약국에 허세가 가자, 일하는 아가씨가 바뀌었다. 상순이라는 아가씨였다. 허세가 또 말을 안 걸 리가 없었다.

"상순 씨 예쁘네요. 여기 월급도 적은데 일하네요."

"월급이 너무 적어요."

"참고 일 해야 되죠."

"그럼요."

"과일 좀 먹자고요."

그러면서 지하 마트에서 과일을 사 온다.

"내가 과일을 많이 사 왔는데 이 수박은 정말 맛있어요."

생색을 내자, 서 약사가

"자기 먹고 싶어서 사 온 거지 뭐."

한편으로 허세는 섭섭하였다. 먹고 싶으면 집에서 혼자 먹지 왜 과일을 약국에 사 오냔 말이다. 여러 번 자주 사 왔다. 그래도 모두 맛있게 먹었는데 말이다. 빈 실망이 광선처럼 허세의 옆구리를 쳤으나 서 약사에 대한 신뢰는 강한 큰 나무와 같아서 믿음에 약간의 오차만 있을 뿐이었다. 그 오차는 언제든지 지워질 수 있는 약한 흔적이었다. 아직도 무한의 인간에 대한 의미의 표시를 허세는 갖고 있었다. '아직은 나이가 어리니까'라고 허세는 생각했다.

그리고 나서 독서실에서 계속 공부를 하는데 글씨가 눈에 잘 들어오지 않았다. 너무 그동안 놀아서 머리 감각이 둔해져서이다. 군대 갔다가 책을 보면 한 달 고생은 각오해야 한다. 계속 읽어 나가야 한다. 책이 머리에 들어오는지 안 들어오든지 말이다. 그렇게 일주일을 읽자 그다음부터 글자가 속속 머리에 들어왔다. 한 달을 열심히 공부하자 어느 정도 지성이 얼굴에 생겼다. 그리고 약국에 가자 상순이가 놀란 표정을 지으며 인사를 꾸벅한다. 얼굴이 새롭게 변해서였다. 서 약사가

"얼굴이 좋아졌네요."

상순이가

"맞어."

약국에 약 처방전을 많이 가지고 가서인지

"생년월일도 아는데."

라며 그동안 깊은 관심을 가지고 있었다. 그때 나이가 육십 대 중반의 여자가 들어온다.

"무슨 얘기 하세요."

"아줌마는 누구래요."

"나 영자 이모야, 머리가 자꾸 빠져서 약국에 왔지."

마침 고향에서 피부과에서 산 –쓰지 않은– 머리 빠지지 않는 샴푸가 생각나

"내가 머리 빠지지 않은 샴푸가 있어요. 줄게요."

"알았다. 이누마."

그렇게 세월은 계속 흘렀다. 그런데 미국 쪽에서 안 좋은 소식이 흘러나오자 허세는 불안해한다. 다름 아닌 서브프라임이었다. 세상 경제는 발칵 뒤집어졌다. 주식이 요동치고 모든 경제가 엉망이 되었다. 장 약사는 서브프라임이 있자 얼굴이 시뻘게 가지고 이리저리 날뛴다. 펀드가 얼마 빠졌는지 일일이 다 보고한 숨만 쉰다. 그러나 허세는 여유 만만하게 펀드를 보지 않는다. 왜냐면 열 받게 왜 보는 질을 이해를 못 했다.

"니도 봐."

"그걸 왜 봐. 열 받게. 걱정 마. 경제는 파동을 그리기 때문에 또 좋아져. 경제 공부를 해야지."

왜 사람들이 주식에서 돈을 잃는지는 자명한 사실이다. 경제에 대한 지식도 없이 그저 돈만 벌려고 하기 때문이다. 경제 공부를 하면서 주식도 공부하면서 열심히 신문도 보고 경제 TV도 보고 종합적으로 사고해야 되는데, 안일하게 대처하기 때문이다. 그렇게 점점 서브프라임의 여세는 폭풍우처럼 세계 경제를 휩쓸고 모든 주식지수를 낭떠러지로 몰고 간다. 집으로 와서 허세는 김수성 씨에게 전화를 한다.

"펀드도 손실이 상당하죠."

"예. IMF 때에는 우리나라만 어려웠는데 지금은 세계 경제가 다 어려우니까 말이죠."

"예 알겠습니다."

전화를 끊고 다시 독서실로 가 열심히 공부를 한다. 그런데 근처 아파트에 사는 천숙이가 약국에 자주 들린다. 장사기가 천숙이 하고 점점 친해지면서 사이좋게 지낸다. 다름 아닌 천숙이가 손님을 많이 데리고 와서이다. 뚱녀 아줌마부터, 은정이 아줌마까지 많은 사람들을 데리고 왔다. 근처 아파트에 사는 천숙이가 하루는 허세를 약국에서 보더니

"나 호프집 열어. 와 줄 거지."

"알았어요."

몇 번 호프집에 가서 생맥주를 먹는데 하루는 영자 이모가 왔다. 성태, 장사기와 허세가 같이 있을 때였다.

"나도 호프 한 잔 줘라."

그러면서 얘기를 하다가 성태보고

"나는 아저씨가 수산시장에 리어카 끄는 사람인 줄 알았니더. 아 는 왜 그래 데이고 다니니껴."

성태는 겸연쩍어하며 똥 씹는 표정을 짓는다. 그러면서 모든 영 자 이모의 말을 인정하듯이, 고개를 끄덕 끄덕거린다. 남자 같으 면 주먹을 날렸을 텐데 말이다. 성태는 그만큼 그럴 때는 어린아 이와 같았다. 성태는 그러며 한숨을 쉰다. '내가 수산시장 리어카 끄는 사람이라'고 생각하며 갑자기 소주잔을 다섯 잔 연달아 마신

다. '살기 싫다. 수산시장….' 생각하며 물을 마시다 갑자기 '아 아아~~~.'라고 속으로 소리를 지른다. 그것은 마치 동물이 자기를 학대하는 것과 같았다. 성태를 보며 허세는 웃는다. 성태의 행동과 표정에서 모든 것을 읽었기 때문이다. 그러면서 성태의 허벅지를 잡았다 놓으며 힘내라고 등을 두드려 주었다. 성태의 기를 쓰다듬어 주었다. 그러자 성태는 조금씩 안단테로 차분해진다. 그때 박 감독이 들어온다. 소문에 요즘 천숙이 가게에 자주 온다는 말이 있었다. 허세가

"어이, 박 감독 일로 와 보소. 요즘 국제 축구 판도가 어떻게 돌아가요."

"박 감독이라고 하니까 기분은 좋은데, 참 말도 마게. 수비를 위로 올리고 공격수도 공격에 가담했다가 빨리 수비에 가담하는 압박 축구 다시 말하면 토탈 사커(Total soccer)-중원을 늘리는 축구-를 해야 되는데 유럽 선수만큼 체력이 돼야 말이지. 키가 작으면 헬스 트레이닝을 통해 힘을 길러 강한 근육을 바탕으로 몸싸움에서 이겨야 된다고 강력하게 주장하는 바이야."

허세는 맞장구를 치며

"그럼 그 많은 이론과 안목은 어디에서 나와요."

"내가 이론 원서 서적을 탐독하고 유럽 Football을 TV로 보기 때문에 나의 주장이 나온다고 봐."

"유럽 이론 원서를 읽는다고요."

"당연하지. 내가 라틴어를 좀 알고. 영어, 독일어 그리고 프랑스어도 알고 있지."

장사기와 성태는 우스워 죽는다고 웃는다. 허세는

'무슨 이론 원서 서적을 보고 있어. 해설가들이 말하는 것을 주워듣고 하는 말이지.'라고 생각한다.

"아무튼 오늘 재미있었으니, 소주 한잔해요."

하며 술을 따라 준다. 그런데 그 이후로 천숙이 가게에서 못 보던 사람이 있었다. 외모가 준수해 보이는 아저씨였다. 그다음부터 계속 가게에서 보이는 거였다. 술도 매일 먹었다. 천숙이에게

"누구예요."

"그냥 아는 사람. 민수 아저씨야."

허세는 좀 이상한 기류를 느끼며 고개를 갸우뚱거린다. 그리고 약국으로 간다. 마침 국장님이 계셨다.

"허세 오랜만이야. 내하고 점심 먹으러 가."

식당은 비좁고 좀 초라해 보이는 이름이 우정 식당이라는 곳이었다. 그러나 맛은 좋았다. 그 뒤로 국장님과 함께 많이 오게 된다. 그런데 그 우정 식당에 갈 때마다 우수라는 어르신을 꼭 모시고 갔다. 이분은 손재주의 일인자였다. 수도부터 커튼 다는 것까지 못하는 것이 없었다. 한번은 허세가 사는 방이 처음에는 호텔처럼 좋았는데 부실 공사 원룸인지 여름에는 덥고 겨울에는 추워서 커튼을 달기로 했다. 고속터미널역에서 커튼을 사서 달려고 하는데 국장님이 우수 어르신을 추천하였다. 허세가 보조로 하고 다는데 진짜 손재주가 좋으셨다. 그래서 일을 끝내고 약국으로 와 국장님에게 얼마 주어야 된다고 묻자

"3만 원 조."

"강남에서 두 명 와서 다는데도 2만 원을 준다고 그래요."

"이마에 땀 나는 거 봐. 나이 든 분에게 잘하면 복 받아."

마지못해 허세는 3만 원을 준다. 그런데 국장님이 우수 어르신을 아주 깍듯이 모셨다. 집에까지 찾아가 우정 식당에 모시고 갔다. 무슨 카리스마도 없는데 그렇게 대접을 해 주는질 알 수가 없었다. 어르신이 유머는 좀 있는 것 같았다. 하는 수 없이 허세도 어르신에게 자세를 낮추었다.

"국장님 왜 그렇게 어르신에게 친절히 모셔요."

"연세도 나보다 위시고 어르신이 사람이 좋아서 그래."

"그렇게 아신 지 얼마 되셨어요."

"좀 되었어. 허세도 잘 모셔. 알았지."

"예."

그렇게 우수 어르신을 알게 되면서 허세도 조금씩 더 국장님의 품성을 알아 가게 된다. 국장님은 그래도 사람을 돈, 명예 그리고 사회적 지위보다도 인간성과 됨됨이를 많이 보는 것 같았다. 국장님과의 사이도 우수 어르신과 만난 뒤 더욱더 가깝고 친밀해져 갔다. 물론 점심을 먹으러 갔을 때도 같이 많이 가게 되었다. 그러면 항상 두 분은 유머로써 농담을 주고받으셨다. 사람 냄새 나는 모습이었다. 두 분의 우정은 점점 더 새롭게 발전하는 것 같았다. 그런데 장사기도 몇 번 우정 식당에 참석하곤 했다. 그런데 점심 생각이 나서

"형 우정 식당에 같이 밥 먹자."

"안가."

"같이 몇 번 같잖아."

"나는 우정 식당 그 씨팔년이 싫어."

바로 우정 식당 여주인을 보고하는 소리였다. 가서는 아무 소리 안 하더니 갑자기 욕을 하는 소리를 듣지 허세는 뒤통수를 얻어맞은 기분이었다.

"왜 싫은데."

"그냥 싫어."

하는 수 없이 다른 식당에서 같이 밥을 먹고 헤어졌다. 방에 와서 곰곰이 생각해 봐도 알 수가 없었다. 장 약사가 그런 욕을 갑자기 하는 경우를 처음 겪었기 때문에 허세는 천장만 바라보고 큰 충격에 사로잡혔다. 장사기를 조심해야겠다는 생각이 잠시 들었다. '이 새끼 나도 나중에 돈 없으면 배신하는 거 아니야.'라는 생각이 들었다. 잠시 피곤해서 낮잠이 들었는데 핸드폰 소리가 들렸다.

"나 천숙이 누나야. 가게 좀 빨리 와 조."

"알았어요."

가게로 가자

"왜 불렀어요."

"나 지금 혼자여서 가게를 비울 수가 없어. 이거 가게 쓸 메뉴인데 좀 사다 조."

"알았어요."

채소부터 밑반찬 등이 있었다. 그것을 근처 마트에서 사서 주었다.

"자 수고했으니까 생맥주 한잔해."

"내가 이 집 직원이에요. 이런 걸 심부름 시키게."

"자네 왜 그러는가. 허세가 나를 좀 도와 조야지."

그렇게 말을 하고 있는데, 오십 대 중반의 여자가 들어왔다. 인상이 괜찮아 보였다.

"여기는 민숙이 이모. 민숙아 허세하고 생맥주 같이 먹어. 민숙이가 오늘부터 우리 가게 도와줄 거야."

"민숙이 누나 집이 어디세요."

"낙성대역 근처야. 애들도 다 크고 해서 일 좀 하려고. 집에서 놀면 뭐해."

그렇게 30분가량 허세가 큰 소리로 말하자

"여자 친구 만났을 때도 그래 말해."

"왜요. 나 여자 한 번도 사귀어 본 적 없는데."

"차분히 얘기를 해야지. 큰 목소리로 혼자 얘기하는 게 어디 있어. 여자 다 도망가."

"그래요. 민숙이 이모는 여자 친구가 아니잖아요."

"대화를 하면 주고받는-두 번 듣고 한번 말하는-패턴이 있어야지."

민숙이 이모는 동생을 타이르듯이 허세를 다독거린다. 허세는 긴장을 하면 그런 패턴이 있었으나, 긴장을 풀면 고만 수다가 나왔다. 아직 자기계발서 서적을 한 번도 접하지 못한 이유였다. 그때 박 감독이 마른 오징어랑 안주용 과자를 가지고 왔다. 자주 들리는 이유가 안줏거리를 천숙이에게 팔고 있었던 것이다. 그러면서 바쁜지 바로 나갔다. 시중 가보다 싸게 천숙이 가게에 팔고 있는 것 같았다.

장사기

"박 감독이 바쁘나 봐."

민숙이 누나가

"능구렁이처럼 생겼어."

"박 감독이 우리 가게에 싸게 물건을 대주는데 우리가 좀 봐 주자."

"저런 사람하고 어울리지 마."

"박 감독 들으면 섭섭하겠다."

그렇게 생맥주를 한잔하고 집으로 돌아온 허세는 공부량이 너무 적어진 것을 느끼고 한숨을 쉰다. '고향 가서 사과 농사나 지을까? 나의 꿈인 문학 공부를 본격적으로 할까? 힘든 직업을 가지면 시집올 여자가 있을까?' 생각해 본다. 그런데 갑자기 내일이 일요일이라는 걸 알자 일찍 잠을 잔다. 교회에 안 간지도 몇 주 되었다. 말로는 크리스천이라 말하면서 술도 먹고 행동도 옳지 못했다. 왜 자각을 하지 못하고 서울 와서 고생을 하는가! 시골에서 어머니는 막내아들에게 한 푼이라도 유산을 남겨 주기 위해 열심히 일하는데 말이다. 세상 사는 이치를 모르고 어머니가 천년만년 살 줄만 아는 것이었다. 그리고 며칠 뒤 성찬이에게 전화를 한다.

"양주 한잔하자."

"어디서."

"노량진으로 와."

"수업 끝내고 저녁에 갈게."

그리고 천숙이 가게로 간다.

"친구하고 여기서 양주 먹기로 했어."

"그래 고마워."

저녁 즈음에 성찬이가 도착하자,

"뭐 이런 곳에서 먹어."

"내가 단골집이어서 팔아 줄려고 그래."

조금 먹다가 성찬이는 집으로 간다. 그런데 성태가 갑자기 가게로 왔다. 뒤이어서 민수 아저씨가 왔다. 그러더니 성태를 보고

"나도 수박 좀 나를 수 없는가?"

성태가 여름에는 수박을 맨손으로 나르는 것을 -알바로 하는 것을- 소문으로 알고 있었다.

"한번 알아볼게요."

그러면서 허세와 같이 나간다.

"저런 사람은 다섯 통만 나르면 헉헉 그래요."

"나는 어때."

"허세는 되지. 허리힘이 좋잖아."

하면서 아부를 한다. 허세는 그게 아부인 줄 알면서도 성태를 귀엽게 생각한다. 그렇게 헤어진 뒤 어느 날 대학 친구들과의 모임이 있고 난 후 늦은 밤에 천숙이 가게를 간다. 그런데 민수 아저씨가 가게에서 소리를 지르고 있었다.

"뭐야."

"너는 뭐야."

"아저씨보고 안 그랬는데요."

허세는 기가 센 민수 아저씨의 소리에 그만 꼬리를 내린다.

"천숙이 누나 민수 아저씨 오늘 왜 그래요."

"술이 취해서 그래. 오늘 술 많이 먹었어."

장사기

"언제는 많이 안 먹었나요."

"요즘 건강이 안 좋아."

"그래요."

"내일 박 감독이랑 우리 아파트에 같이 놀러 와 부침개 구워 놓을게."

그리고 그다음 날 아파트에 가자

"뭐 아파트가 일 층이에요."

"야~ 찍다 보니 그래 되었다."

조금 부침개를 먹고 있는데 박 감독이 들어선다.

"말로만 듣던 천숙 씨 아파트구만. 아파트 깔끔하네. 내가 살아도 되겠다."

"내가 오늘 신경 좀 썼지. 내일 경동 시장 좀 가야 돼. 가게 쓸 수박이랑 몇몇 재료들 사야 돼."

맛있게 부침개를 먹고 이 얘기 저 얘기 하다가 헤어지고 그다음 날 경동 시장에를 지하철을 타고 간다. 수박도 사고 가게 쓸 재료들도 사고해서 여러 가게를 돌아다닌다. 그리고 배가 출출 하자, 칼국수 가게를 가서 맛있게 먹는다. 올 데는 수박도 무겁고 해서 택시를 타고 노량진으로 온다.

"허세야 오늘 재미있었지."

"응. 그런데 박 감독이랑 왜 그렇게 친하게 지내."

"필요로 하니까 지내지. 내가 그 노인네와 왜 친하게 지내냐."

그리고 집으로 돌아온다. 뉴스를 보며 쉬고 있는데 대학 때 친구인 희수에게서 전화가 온다.

"잘 지내. 노량진에서 아는 사람도 없는데 무엇 하며 지내냐. 도서관에서 같이 공부하면서 지내자."

"알았어. 지금 갈게."

도서관에 가자 의자가 많이 바뀌어 있었다. 사실은 바뀐 게 아니라 원래부터 그쪽에 놓여 있었다. 허세가 운이 없었던 것이다. 등도 안 아프고 해서 그날부터 거의 12시간씩 희수와 함께 열심히 공부를 한다. 그런데 자꾸 희수가 주식 얘기를 했다. 뭐 선물을 해서 500만 원을 잃었다면서 얘기를 하지 않나, 지금은 건설 주 뵙스에 투자를 해서 조금 이익을 보고 있다고 했다. 당장 그 얘기를 듣고 귀가 솔깃했다. 그즈음에 장사기도 직접 투자를 하고 있었다. 장사기가 말한 삼신 증권 명동지점으로 간다. 인상이 좋은 뿔테를 쓴 PB(Private Banker) 하수권 직원이 앉아 있었다.

"뵙스 어때요."

"뵙스가 실적이 안 좋은데 건설 주가 이번 주까지는 좋으니까 다음 주 월요일 팔죠."

그 얘기를 듣고 희수에게 와서 말하니, 희수는 뵙스를 판다. 허세도 어느 정도 펀드가 본전을 받자 펀드를 다 팔고 직접 투자로 돌아선다. 그다음 날 명동지점으로 가서,

"좀 괜찮은 종목 없어요."

"LP상사가 괜찮은데."

"다른 건 없어요."

고민을 하자

"반도체 주 하미녹스가 어때요."

"하미녹스도 괜찮아요. 처음이니까 두 종목으로 시작하죠. 점점 하면서 감도 배우는 게 좋지 않을까요."

두 종목을 사서 도서관으로 온다.

"나도 두 종목 사서 왔다."

"니가 말해서 봅스 팔았는데 계속 올라."

"걱정 마. 다음 주부터 계속 내려."

다음 주가 되자 정말 귀신같이 봅스가 내리기 시작했다. 팔고 나서 불안해하던 희수의 얼굴은 안정을 되찾기 시작했다.

"내 말이 맞지."

아무 말을 하지 않고 고개만 끄덕였다. 그런데 참 이상한 일이었다. LP상사를 15,600원에 샀는데 19,700원까지 오르더니 내리기 시작했다. 허세는 가만 놔두었다. 그런데 거의 15,600원 선까지 내리더니 또 오르기 시작했다. 아침에 확인하니 19,700선까지 가 있었다. 집에서 나오려고 하다 또 내릴 것 같아 팔아 치웠다. 또 내리기 시작했다. 수학과 출신답게 그래프를 읽는 힘이 초짜라도 있었던 것이다. 그런데 하미녹스는 아예 내리지도 않고 오르지도 않았다. 답답해서 명동지점으로 간다.

"왜 오르지 않죠."

"저도 그 이유를 알 수가 없네요. 조금 더 기다려 보죠."

그리고 집으로 와서 신문을 읽는데 스타 강사라고 자꾸 기사가 나왔다. '공무원 공부도 지겹고 한데 수학과 출신이니 학원 강사 한번 해 볼까? 공무원 월급 해 봐야 그게 그거고 학원 강사 한번 뜨면 돈방석에 오르는 건 시간문제.'라는 생각이 들었다. 일단 그동안 돈 쓴 거 만회할 때까지 주식에 집중하기로 했다. 그런데 집을 나와 헬스장 앞에 담배를 피우고 있는 김 사장을 보았다.

"안녕하세요. 그동안 왜 그래 안 보이셨어요."

"우리 아버님이 돌아가셨네. 그동안 바쁘게 지냈어."

"주식은 어떻게 하고요."

"흐름은 대충 잡으며 직접 사지는 않았어. 자네하고 얘기하면 재미있어. 우리 아파트에도 놀러 와."

그렇게 얘기를 하고 있는데 자영이 할머니가 오고 있었다.

"거기서 무슨 얘기들 해요."

"안녕하십니까. 주식 잘 돼 가요."

"김 사장 덕분에."

소문을 들어서 아는 얘기지만 자영이 할머니도 주식을 한다고 하였다. 김 사장과 자영이 할머니도 굉장히 친하다고 사람들이 말하였다. 자영이 할머니는 수준증권회사를 이용한다고 하였다. 작은 증권회사인데 노량진 근처에서 가까웠다. 자영이 할머니는 자세히는 모르지만 펀드는 하지 않는 것 같았다. 부동산은 부업으로 하면서 투자를 집중적으로 하는 것 같았다. 농담을 주고받는 솜씨들이 여간 수준급이 아니었다. 그때 김 사장이 이 사장을 전화로 노량진으로 오라고 한다. 이 사장의 외모는 보통 키에 인상적인 얼굴 윤곽은 없었다. 서로 인사를 하고 근처 식당에서 밥을 먹고 헤어진다. 그다음 날 김 사장에게서 전화가 와서 헬스장에서 만나 김 사장의 아파트로 간다. 45평 아파트는 넓었다. 아내와 아들 세 명이서 산다고 했다. 그런데 김 사장이 농 서랍을 열었다. 거기에는

장사기

이름이 적혀 있었다.

"무슨 이름이에요."

"우리 아버님 장사 때 온 조문객들."

그리고 다시 그들의 아지트인 헬스장 근처로 갔다. 벌써 이 사장과 자영이 할머니가 있었다. 담배를 피우며 얘기를 하던 김 사장이 아내의 전화를 받고 먼저 간다고 하였다.

"조금 전에 김 사장님 아파트에 갔는데 아버님 돌아가셨을 때 조문객이 많이 왔어요."

"오긴 뭐가 오냐 낮에 가니까 사람 한 명 없더라."

자영이 할머니가

"맞어. 맞어."

하며 맞장구를 친다.

"방명록에는 이름이 많던데."

"그걸 믿을 수가 있냐. 일부러 과시용으로 적어 놓을 수도 있지."

그렇게 헤어지고 허세는 김 사장 아파트로 간다.

"이 사장이 장례식 때 사람이 거의 안 왔다는데 어떻게 된 거예요."

"뭐 이 새끼가 죽으려고 환장했나."

당장 이 사장에게 전화를 건다.

"뭐 사람이 안 와. 야 임마. 친구들이 직장 다니는데 다 밤에 오지. 니 노량진에 나타나면 작살 낸다."

화가 덜 식었는지 얼굴이 빨개졌다.

"화 좀 푸시고요. 탕수육 같이 배달해 먹어요. 자영이 할머니도 맞장구를 쳤어요."

"알았어."

"고민이 있어요. 하미녹스가 오르질 않아요."

"하미녹스도 괜찮은데 왜."

"오르려면 오르고 내리려면 내리지 꼼짝도 않아요."

"좀 기다려 봐."

그러면서 자영이 할머니 복덕방으로 가자 그랬다. 2평 정도의 조그만 가게는 너무 지저분하였다. 여러 잡동사니가 무질서하게 놓여 있었고 청소도 전혀 되어 있지 않았다. 여러 부동산 거래 종이가 놓여 있고 거래도 이루어지지 않는 듯하였다. 자영이 할머니는 주식에만 매달려 있어서 그런 것 같았다. 김 사장 말로는 주식도 할 줄 모른다고 하였다. 이거저거 사면서 오르면 얼굴이 좋아졌다가 내리면 얼굴이 나빠지고 엉망진창이라고 하였다. 그런데 참 이상하였다. 그래 약국을 다녔는데도 안 보이던 자영이 할머니가 약국에서 계속 보였다. 그동안 잘 몰라서 봐도 못 보았는지 이제는 하루에 한 번은 꼭 보였다. 그런데 약은 한 번도 안 샀다. 돈을 아끼느라고 안 사는 것이었다. 그러나 성격도 좋으시고 인상도 깔끔했다. 그런데 부동산 가게에 예쁘게 생긴 선풍기가 한 대 놓여 있었다.

"김 사장님 선풍기 예쁘게 생겼죠."

"그러네. 중소기업 제품 같은데."

"자영이 할머니 요즘 왜 안 보이죠."

"경기가 좋아서 장이 좋잖아. 그러니 바쁘지. 수준 증권회사에서 살걸."

장사기

그때 핸드폰을 보자 하미녹스가 좀 올라가고 있었다.

"이러다 때 부자 되는 거 아니에요."

"올라가면 조종받아 또 내려오지 이 사람아."

그런데 멀리서 성태가 다가오고 있었다.

"오랜만이네 요즘 뭐해."

"주식을 하고 있어."

"펀드 본전 본 걸로. 옆에 있는 사람은."

"김 사장님."

그러자 김 사장은 성태를 피한다.

"수원에서 태어났데."

"김 성태입니다."

마지못해 김 사장도

"김 사장이네."

성태는 돈 냄새를 잘 맡았다. 허세에게서 돈 냄새를 맡았듯이 김 사장에게서도 돈 냄새를 맡는다. 김 사장의 코가 코주부인 걸 보고 웃지만, 김 사장님 그러는 걸 보고 돈이 많음을 눈이 챘다. 그 즉시 수원에 있는 아이들을 풀어 김 사장의 뒷조사를 한다. 돈이 엄청 많음을 알게 되고 점점 김 사장에게 접근한다. 김 사장은 그것도 모르고 별로 성태를 경계하지는 않는다. 그러나 허세에게서 성태에 관한 이야기를 들으면서 경계하지 않는 대신 성태를 피한다. 집으로 돌아온 허세는 이 사장에게 전화를 건다.

"이 사장님요."

"니가 웬일이냐."

"이 사장님이 장례식 때 사람이 거의 안 왔다고 말한 건 사실이 잖아요."

"내가 그래긴 그랬지. 밤에 친구들이 그렇게 많이 왔는지 나는 모르지."

"말실수했으니까 사과하고 노량진에 오세요."

"살벌해서 노량진에 가겠냐. 작살 낸다는데. 니도 김 사장 성격 알잖아."

"알겠어요."

그다음 날 김 사장에게서 전화가 와 아파트로 오라는 말을 듣고 아파트로 간다. 누가 청소하는지는 몰라도 항상 깨끗하였다. 정돈 된 방, 안락한 안마의자, 깨끗한 목욕탕, 넓은 거실, 좁은 원룸에서 살던 허세는 아파트에 가면 넓은 운동장을 보는 듯했다. 그러나 부 럽지는 않았다. 허세도 노력해서 얼마든지 더 좋은 집에 살 자신이 있었기 때문이다. 라르고의 의미라고나 할까. 차분히, 서서히 돈을 벌고자 하는 라르고의 의미였다. 그것은 확고한 믿음이랄까? 아니 정돈된 믿음이었다.

"누가 청소해요."

"집사람이."

"뭐 하세요."

"꽃꽂이 강사야."

"김 사장님은 어디에서 근무했어요."

"모 신문사에서 근무했어. 그래도 기자협회회장까지 했어."

"퇴직하고 돈이 있으면 장사하지 그랬어요."

"내가 그랬지. 아내가 고생하기가 싫데."

"김 사장님도 증권회사 바꿔요."

"왜."

"제일 큰 삼신증권으로 해야 우수한 인재들이 많지. 작은 증권회사에 인재들이 얼마 있겠어요."

그 즉시 둘은 모 증권회사로 간다. 큰돈을 다른 증권회사로 옮긴다니 조금 있다가 담당 여 국장이 나타난다.

"나는 삼신증권으로 옮겨요."

"조금 더 생각해 보시죠."

"결정했습니다."

그리고 돈을 옮겨 나오는데 인사도 하지 안 했다. 택시 안에서,

"저 여 국장은 내가 말을 안 했는데도 자기 마음대로 돈을 투자했다가, 뺏다가 해."

그러면서 명동지점 삼신 증권으로 향한다. 삼신 증권은 항상 바빴다.

"여기 좋은 프라이빗 뱅커(PB) 없습니까."

저희가 안내해 드리겠습니다. 김도상이라는 PB였다. 아주 똘똘하게 생겼다. 일단 VIP실로 가는데 아주 넓은 방이었다. 김 사장은 허세보고 나가라고 그랬다. 10분 정도 있어도 나오질 않아서 문이 조금 열린 틈을 타 보니 갑자기 설교를 하기 시작한다.

"올라가는 걸 조금 더 보다가 더 올라갈 거 같으면 기다렸다가 어느 고점에서 팔고 조금 더 오르다가 내려갈 거 같으면 손절매 하고 내려가는 거 기다렸다가 어느 시점에서 잡아서 올라갈 때 팔고

우수한 종목 보고 때를 기다려 잡고."

이렇게 두 시간 반을 설교했다. 허세는 기다리는 것이 지루해 미칠 것 같았다. 설교를 마치고 나오자 김도상 PB는 얼굴이 빨개 가지고 넋을 잃은 표정이었다. 이처럼 설교를 많이 하는 경우는 처음이며 그 많은 종목을 보는 것이 부담인 듯했다. 물론 많은 액수의 돈을 관리하는 것은 김도상 PB로는 큰 즐거움이기도 했다. 왜냐하면 수익이 날수록 자기들에게는 배당이 많이 나고 능력을 인정받아 승진도 빠르기 때문이다. 그 결론으로 허세는 하수권 PB에게 관리를 맡기고 김 사장님은 김도상 PB에게 관리를 맡겼다. 이두 사람의 능력은 대단한 거로 삼신증권에서 소문이 나 있었다. 나오는 길에 하수권 PB에게 하미녹스가 좀 오른 걸 얘기하자 매도를 좀 더 올랐을 때 하자고 했다. 하미녹스가 계속 오르는 걸 보면서 허세는 흐뭇해하는데, 한 종목 더 사야겠다고 생각한다. 아침에 일찍 일어나 경제 신문을 보니 비료 쪽인 키프로가 괜찮다고 떠들었다. 당장 9시에 키프로를 매수한다. 곧 경제 TV를 보니 방송에서도 키프로가 좋다고 떠들었다. 오후에도 상당히 올라 있었다. 마감을 보고 하수권 PB에게 전화를 하니 20만 원 벌었다고 했다. 약국으로 내려오니 김 사장과 자영이 할머니가 있었다.

"나 오늘 10% 수익 내서 20만 원 벌었어. 신문이고 방송이고 막 떠들어."

"떠들어. 떠들면 돼."

"고기 먹으러 가 내가 살게."

자영이 할머니는 얻어먹는다니까 뭐 좋아서 신나게 간다. 고기를 먹고 김 사장 아파트로 간다.

"흑마늘 좀 먹어라."

"나 흑마늘 좋아하는데. 떠드니까 돼 돼 돼. 생각해 보세요. 개미들이 다 방송이나 신문을 보는데 안 사겠어요. 그런데 PB들은 자기들이 언론보다도 1주일이 빠르다네요. 그네들은 아침 일찍 일어나 회의를 진행하고 사무실에 앉는데요. 선물이나 옵션도 하면 좋은 되. 위험하니까."

"선물이나 옵션은 박사들이 하는 거야. 그거 잘못하면 큰일 나."

그리고 그다음 날 키프로를 보는데 계속 내려가자 당장 김도상 PB에게 전화를 걸어 팔아 버린다.

"얼마 벌었어요."

"10만 원 벌었어요."

고깃값 빼고 하면 남는 것도 없었다. 김 사장 아파트에 가서 키프로 얘기를 하자.

"그러니까 잘 치고 잘 빠져나와야 돼."

"그걸 도대체 어떻게 아냐고요."

"그건 그래."

점점 더 두 사람은 친해지고 친구처럼 가깝게 지낸다. 허세는 김 사장의 넓은 아파트가 자유로워서 좋고 김 사장은 허세가 말벗이 되어서 좋았다. 그런데 어느 날 아침에 김 사장이 오라고 해서 갔는데 김 사장의 부인 아니 형수님의 얼굴이 보통이 아니었다. 고상하면서도 우아한 얼굴이었다. 보기 드문 이지적인 양반집 규수 같았다. 말씨도 조곤조곤하게 조용한 음성이었다. 허세는 김 사장이 부러웠다. K대 법대 출신에 기자협회회장까지 지내고 지적인 미모의 부인까지 둔, 수원의 알아주는 부자의 아들로 태어나 자유롭게 생활하는 김 사장이 부러웠던 것이다. 그러나 허세도 더 이상 물러설 수는 없었다. 노력해서 수준 높은 미모의 여자를 만나 장가도 가고 새로운 인생을 살 것이라고 다짐한다. 그런데 형수님이 밥을 주며

"허세 씨 교회 다닌 다면서요. 저하고 우리 교회 같이 가요."

"저는 노량진에서 다녀요."

하면서 형수님을 피한다. 그러면서 형수님은 교회로 간다.

"왜 너하고 같이 어울리느냐고 묻는다. 옷 좀 줄게. 내가 안 입는 거야. 선글라스도 줄까. 이거 비싼 외제 선글라스야."

하면서 비싼 양품점 옷도 준다. 그런데 현찰을 쓸 때는 허세가 좀 더 많이 쓰는 편이었다. 이 일을 우리는 어떻게 생각할까요. 다시 말하면 집에 있는 것은 많이 주었는데 현찰 쓰는 것은 아깝다는 것이다. 허세는 그것을 다 이해한다. 그러면서 김 사장에게 교회를 같이 다니자고 제안한다. 김 사장은 젊었을 때 다 다녔고 조금 나이가 더 들면 다닌다고 한다. 그러면서 일요일마다 양복 입는 것이 싫다고 한다. 그리고 집으로 돌아온 허세는 하미녹스를 만지작거린다. 차트를 보고 팔 시점이 된 것 같아 15,300원에 산 것을 18,500에 팔아 버린다. 시원하게 팔고 약국으로 가자, 장사기와 김 사장이 아주 친하게 얘기를 주고받고 있었다. 주식 얘기를 하고 있었다. 주식에 대해서 많은 도움을 받고 있던 장사기는 김 사장을 대단하게 생각하고 있었다.

"나 하미녹스 팔았어. 좀 수익 냈지."

장사기가

"허세도 주식 잘해."

김 사장이

"이놈도 머리가 좋아."

그러면서 계속 주식에 관한 이야기를 한다. 장사기는 주식의 제갈공명을 만난 모양 경청을 한다. 그러나 주식에 관한 감을 잡은 허세에게는 그렇게 쓸 만한 얘기가 별로 없었다. 아니 좀 내려가도 참아야지 좀 내려가면 팔고 좀 오르면 참았다가 오르던 것이 내릴 기세면 팔면 어떻게 주식을 한단 말인가. 물론 설교 내용은 종목에 관한 것이 많았지만 실제 장에서는 그런 식으로 운용을 했다. 김도상 PB에게도 추천받은 종목이 궁금해,

"김도상 PB에게 맡긴 것 어떻게 됐어요."

"게 내보다 못해. 벌써 다른 증권회사로 옮겼어."

진짜 김 사장은 말릴 수가 없었다. 제일 큰 증권회사를 두고 인재들이 많은 곳을 두고 어디에 맡긴단 말인가? 셋이서 점심을 먹는데 장사기는 김 사장이 최고라고 일인자라고 칭찬을 아끼지 않는다. 허세는 속으로 '바보'라고 외친다. 웬일로 설교를 들어선 지 장사기가 산다고 하였다. '백날 그래 해 봐라 돈 버는가.'라고 허세는 생각한다. 김 사장이 종목에서는 많이 알고 있기는 했다. 매일 방송을 듣고 하루 종일 그것만 연구를 하기 때문이다. 김도상 PB도 너무 많이 알기 때문에 겁이 나서 못 들어간다고 김 사장에게 말했다고 한다. 그러나 어느 선에서 잘라 시세를 파악해야 되고,

투자하면 내려가도 참고 오르길 기다려야 하는데 실천에 옮기질 못했다. 투자 금액이 많아서인가! 사나이가 칼을 잡았으면 휘둘려 야지! 그런데 중요한 것은 장사기가 김 사장의 말을 듣지 않고 하수권 PB의 말을 듣고 종목을 투자했다. 왜 그런지는 뻔한 사실 아닌가! 하수권 PB의 말이 더 설득력 있다고 생각하고 있었다. 사실이 그러했고 믿음이 가고 있었다. 장사기도 조금씩 수익을 내고 있었다. 물론 운도 좋았다. 그 당시 장세가 좋았다. 그렇게 주식의 바람은 노량진에 밀고 들어왔다. 장사기의 소문은 그대로 노량진에 퍼졌다. 무슨 말이냐 하면 허세가 세탁소에 갔는데 사장님이 약국약사가 약은 안 팔고 주식만 한다고 하였다. 그 말을 전하자 장사기는 주식을 이제는 안 한다며 발뺌을 하였다. 그것은 일순간이고 더욱더 주식에 빠진다. 주식은 마치 도박과도 같았다. 잃어도 재미있고 벌면 더욱더 재미있었다. 팔면 얼마 벌었고 하는 재미가 짜릿짜릿하였다. 장사기는 약국 때문에 참여하지 못했고 김 사장과 자영이 할머니는 허세의 원룸에 살다시피 하였다. 모든 장비가 꾸며져 있었기 때문이다. 경제 신문, 경제 TV와 컴퓨터가 모든 시장 장세를 파악하기 때문에 아지트화되기 시작한다. 실시간으로 전하는 뉴스를 말하면 겁이 많은 김 사장은 얼른 팔았다. 그러나 자영이 할머니는 장기전으로 가는 투자를 했다. 웬만해서는 꿈적도 안 하고 버티는 투자를 했다. 재미있게 투자 정보를 교환하고 그다음 날의 장세에 대한 의견도 교환했다. 그런데 자영이 할머니가 허세 시골 아키바리 생쌀을 계속 먹는 거였다.

"맛있어요."

"응. 40kg짜리 하나 살 수 없어."

"좋아요."

나중에 안 사실이지만 생쌀이 맛있는 것이 밥도 맛있다는 걸 알게 된다. 고향 논에서 재배되는 아주 귀한 쌀이었다. 그런데 그들의 다른 아지트인 부동산 가게에 명소도 들락거렸다. 자영이 할머니는 흐뭇한 눈으로 오는 사람들을 보았다. 그 표정이 참 이상하였다. 부동산 가게에 전에는 사람이 없었다는 듯 기분이 이상한 모습이었다. 한번은 그렇게 얻어먹던 자영이 할머니가 허세가 수준증권회사에 가자 밥을 사 주었다. 맛있게 먹고 증권회사에 가니 초라하기 짝이 없었다. 가까워서 이용하는 것 같았다. 그리고 집에 와서 생각에 잠긴 허세는 부동산 가게와 허세의 원룸이 양 사이드에서 아지트화된 것을 느낀다. 그런데 김 사장이 갑자기 보라매 지점에 있는 한 증권회사를 이용한다며 허세도 바꾸라고 하였다. 갑자기 허세도 덩달아 바꾼다. 김춘서라는 PB는 좋아서 웃음을 짓는다. 그때는 추석 즈음이었다. 김 사장은 OP 맥주를 김춘서 PB에게 추천받아 사 가지고 온다.

"왜 OP 맥주를 샀어요."

"글쎄."

"그것도 모르고 사요."

한참 생각에 잠긴 김 사장은 증권회사로 간다. 갑자기 무슨 생각이 떠올랐는지,

"아 추석 때 맥주가 많이 팔리지요."

김춘서 PB는 고개를 끄덕이며 웃는다. 추석이고 해서 허세는 고

향으로 내려간다. 그러나 걱정할 거는 없었다. 핸드폰으로도 얼마든지 주식을 사고팔 수 있었다. 요즘은 스마트 폰으로 사고팔듯이 말이다. 고향으로 간 허세는 당장 아침에 PC방으로 간다. 반쯤 주식에 미쳐 있었다. 금곡타이어가 추석 선물을 준다는 기사를 보고 LP전자와 둘 중 어디를 들어가야 할지 김춘서 PB에게 전화를 걸어 물어본다.

"금곡타이어와 LP전자 어디가 나요."

"나 주식 25년 만에 그런 질문 처음 받아 보네."

전화를 끊자, 조금 있어 김 사장에게서 전화가 온다.

"야 임마. 니 때문에 아침에 회의가 열렸데. 왜 내한데 피해를 주냐."

며 소리를 질렀다.

"죄송합니다."

라고 말하고 추석을 지낸 뒤 서울로 올라와 김 사장을 만난다.

"그 증권회사도 잘 못 하더라. 보라매 지점 삼신증권이 있으니 그리로 바꾸자."

"저는 명동지점을 더 이용할래요."

그리고 며칠 있어 처음 보는 전화번호가 핸드폰에 뜬다.

"여보세요."

"제가 코스닥 몇 종목 추천해 드릴까요."

"예 한번 말해 보세요. 다섯 종목 만요."

허세는 받아 적고 이렇게 살펴본다. 허세는 그동안 코스피만 했지 코스닥은 한 번도 하지 않았다. 코스닥이 위험하다는 것을 알고

장사기

있었다. 그리고 김 사장을 만나러 부동산 가게에 간다. 자영이 할머니는 아직 보이지 않았다.

"할머니는 어떻게 하다 주식을 나이 많아 하게 되었어요."

"원래는 새마을 금고에 돈을 적금 들었는데 이자가 내렸잖아. 그래서 주식을 하는 거야."

"금리와 주식은 반비례하는데."

"주식도 할 줄 몰라. 야 세상에 1~2억 가진 사람이 삼신전자를 사는 사람이 어디 있냐. 삼신전자는 10억 이상 가진 사람이 사는 거야. 주식 좀 오르면 얼굴 좋아졌다가 내리면 얼굴 망가지는 것을 보면 모르냐."

그렇게 얘기하고 있는데 성태가 왔다. 갑자기

"김 회장님. 김 회장님."

"내가 왜 회장이냐."

"회장님 요즘 건강은 좋으신지요."

"니가 왜 내 건강을 챙겨."

그러면서 서서히 아부를 시작한다. 근처 호프집이 있다며 성태가 한잔하자고 안내를 한다. 장사기도 불렀다. 넷이서 주식 얘기를 하는데 계속 성태가 술을 권하며 호프를 시킨다. 허세는 '또 내가 내는 것 아니야.'라고 생각하며 호프와 안주 가격을 속으로 계산한다. 다 마시고 결제를 하는데, 야~~~ 성태가 계산을 하는 것이었다. 카드를 내밀며 결제를 했다. 허세는 도무지 이해가 되질 않았다. 매일 얻어먹던 놈이 왜 계산을 하는질 도저히 납득이 되질 않았다. 집에 와서 곰곰이 생각해 보니 김 사장 때문이었다. 김 사장에게 잘 보이길 위해서 계산을 한 것이다. 성태 머리는 보통이 아니었다. 먹잇감이 나타나면 여차 없이 달려드는 -순발력 빠른- 여우와도 같았다. 특히 물면 놓지를 않는 강한 사람 잡는 날카로운 송곳니를 갖고 있었다.

그리고 집에 와서 한 잠자고 TV를 보는데 쌍카차에 정부가 상당한 금액을 지원한다는 소식을 듣는다. 자고 나서 들어가 보니 5%로 올라 있었다. 가진 돈 전부를 투자하려고 생각했다. 그런데 김사장이 자기는 분산(Portfolio)투자를 한다며 계속 허세에게도 분산 투자를 하라고 권한 생각이 들었다. 전부 투자하자니 겁도 들어 반보다 조금 더 투자한다. 그런데 어쩐 일인가 한 시간 뒤 상한가를 쳤다. 하수권 PB에게 전화를 한다.

"쌍카차가 상한가를 쳤어요."

"관리 종목이니 조금씩 파세요."

허세는 관리 종목이 뭔지도 모르고 들어갔다. 그다음 날 또 상한가를 쳤다. 허세는 좋아 가지고 휘파람을 불며 노량진 일대를 누비고 다녔다. 토요일과 일요일이 있어 장이 쉬고 월요일이 되자 500원까지 올라갔다. 그런데 갑자기 계속 내려가는 것이었다. 당장 김도상 PB에게 전화를 해 팔라고 했다. 단칼에 김도상 PB는 팔아 버렸다.

"마지막에 얼마 남기고 팔았어요."

"20원 벌고 팔았어요."

그런데 쌍카차가 계속 내리더니 하한가를 맞는다. 큰일 날 뻔했다. 관리 종목은 상장법인이 갖추어야 할 최소한도의 유동성을 갖

장사기

추지 못하였거나, 영업실적 악화 등의 사유로 부실이 심화된 종목으로 상장폐지기준에 해당할 우려가 있는 종목을 말한다. 그것도 모르며 배짱 하나로 밀어붙인 것이었다. 무식이 용기라고 운이 좋았다. 그런데 허세가 쌍카차로 돈을 벌었다는 정보를 입수한 성태는 허세를 약국으로 부른다.

"허세는 미네르바보다도 뛰어나. 그거 관리 종목인데 들어간 사람 하나도 없어. 올랐던 사람들은 기존의 쌍카차를 갖고 있던 사람이야. 이 새끼 머리 진짜 좋아."

"나는 머리가 안 좋아. 정부에서 그렇게 지원을 하는데 들어가지 않는 사람 어디 있냐고. 관리 종목이 뭔지도 모르고 들어갔어."

장사기도

"허세 머리 좋아."

서 약사도

"시집도 많이 읽고 머리도 보통이 아니에요."

서 약사가 시집 얘기하는 것은 한때 허세가 시를 외운 걸 말했기 때문이다. 하루는 잘 아는 경찰관 아저씨가

"니 주식 해서 돈 많이 벌었다며."

"누가 그래. 장 약사님이죠."

"아니 나는 그런 말 한 적 없어."

그렇게 노량진에 허세가 주식 해서 돈을 많이 벌었다는 소문이 퍼졌다. 그때 마침 어머니가 서울에 병원을 가기 위해서 올라와 있었다. 초인종 울리는 소리가 들려 어머니가

"누구세요."

그러자 아무런 소리가 들리지 않았다. 그 얘기를 허세에게 하자, 허세는 주식 때문이라고 생각한다. 하루는 허세가 있는 중에 초인종 소리가 들렸다. 허세는 그대로 문을 열었지만 벌써 엘리베이터를 타고 내려가는 중이었다. 범인을 잡지 못했다. 그 뒤로는 범인이 초인종을 눌리지 않고 사라졌다. 허세는 문단속을 더 철저히 하였다. 그리고 약국으로 내려가는데 장사기가 삼신전기를 살려고 고민을 하자 서 약사가 사라고 적극적으로 권하자 장사기는 산다. 서 약사도 장이 호황이자 주식을 조금씩 하고 있는 것 같았다. 그런데 참 이상한 일이 있었다. 장 약사가 서 약사는 자기를 우습게 볼 수 없다고 하였다. 무슨 말이냐 하면 자기가 생약에 대하여 더 많이 알고 있어서 처음에 몰라 물었다고 하였다. 자기 약국에 와서 생약과 양약을 같이 파는 것을 배웠다는 것이다. 이건 좀 반 농담인데 두통이 있으면 양약 두통약과 생약 두통약 썩어서 팔면 되는 것이다. 더 깊이 있는 환자들에 관해서는 전문적인 약 지식이 필요할지 모르지만 말이다. 왜냐면 장 약사가 손님에게 그렇게 주기 때문이다. 허세는 '같은 약사인데 왜 우습게 알아.'라며 이상하게 생각하였다. 사실 장 약사는 서 약사를 짝사랑하고 있었다. 허세가 현숙한 여인이라 했을 때 그보다 더 좋은 표현은 없다고 허세를 아주 칭찬했다. 그런데 허세와 서 약사가 약국에서 같이 얘기하는 시간이 많아지면서 장사기는 이상한 질투의 눈빛으로 그들을 바라본다. 하루는 허세가

"서 약사님 요즘 얼굴이 좋아졌어요. 옛날에는 얼굴에 모공이 있었는데 없어졌어요."

"그때는 딸이 애기 때라서 피곤해서 얼굴에 모공이 많았어요."

"허세는 뭐 그런 걸 물어. 오늘은 독서실에 공부하러 안가."

"나 이제 공무원 공부 안 하잖아."

"자랑이다. 몇 년을 했냐."

"학원 강사 한다고 하잖아요."

"서 약사님은 허세 편만 드세요."

"왜 그래요."

그렇게 대화를 하다 김 사장의 전화를 받고 아파트로 간다. 계속 보라매 지점으로 옮기라는 권유를 받자 삼신증권 보라매 지점으로 옮긴다. 그러면서 기노차를 산다. 조금 더 있다가 경제 신문에서 LP디스플레이에서 새로운 특허를 냈다는 기사를 보고 또 산다. 기노차가 오르질 안차 계속 참는다. 그때쯤 장사기는 삼신전기를 팔아 조금 수익을 낸다. 돈의 여유가 있던 허세는 또 무엇을 살까 고민하던 중에 저번에 코스닥 다섯 종목을 적어 놓은 것을 보고 그중에 신종플루가 유행하자 피루를 산다. 그런데 고향에 갈 일이 있어 내려간다. 아침에 핸드폰을 보자 피루가 8%가 올라 있었다. 다시 들어가 보자 12%가 올라 있어 팔아 버린다. 장을 마치고 보자, 하한가를 맞는다. 코스닥은 정말 위험했다. 어떻게 그렇게 오르던 것이 하한가를 맞는가. 앞으로는 코스닥은 하지 말아야겠다고 다짐을 한다. 한 마디로 운이 좋았다. 그 즈음해서 기노차가 조금씩 올랐다. 계속 오르자 허세는 확신에 찬 표정을 짓는다. 코리안 시리즈도 그때에 있었다. 보라매 지점 강 영 한 PB가 담당이었다. 강 영 한 PB는 팔라 그럴 때까지 팔지 말라고 그랬다. 마침 고등학생 과외가 들어와 사당동 근처에서 있는데 수업이 끝나고 가방을 싸자, 김 사장에게서 전화가 온다.

"허세야 기노차 오늘 1,000원 넘게 올랐어. 팔아."

허세는 팔아 버린다. 그리고 강 영한 PB에게 전화를 한다.

"기노차 오늘 너무 올라 팔아 버렸습니다."

"제가 팔라 그럴 때까지 팔지 말라 그랬잖아요."

그리고 그다음 날 기노차는 코리안 시리즈 우승을 한다. 550원 더 올랐다. 보라매 지점으로 가자 강 영한 PB가 있었다.

"코리안 시리즈 때문에 올랐습니까."

"예. 다음에 또 좋은 종목 택해서 수익 내죠."

보라매 지점을 나오며 "김 사장님은 왜 팔라 그래 가지고."라며 한숨을 쉰다. PB들의 전문성은 개미들이 아무리 연구해도 따라갈 수 없는 감각을 지니고 있었다. 새벽에 매일 회의를 열어 그날 장, 그 주장을 준비하고 나름대로 정보를 입수해서 회원들을 관리했다. 거의가 경제학과와 경영학과 출신들이 많았다. 그네들은 언론을 우습게 알았다. 언론의 정보는 자기들의 정보보다 일주일 늦다고 말하였다. 그러나 그들의 단점은 많은 고객을 상대하기 때문에 실시간으로 모든 상담을 못 한다는 것이다. 물론 액수가 많은 고객들은 틀릴 수도 있지만 말이다. 그렇게 주식을 계속하는데, 하루는 허세 집에서 김 사장과 주식을 밥을 먹어 가며 하자, 김 사장은 주식을 못 하게 하였다. 밥을 먹을 때는 밥 먹는데 집중해야 된다는 뜻이다.

"이거 컴퓨터 앞에 꼭 붙어서 해야 돼요."

"아무리 재밌어도 그렇지 밥을 먹으면서 주식을 하냐."

그렇게 주식을 하는데 LP디스플레이가 계속 내려갔다. 허세는 한숨을 쉬며 왜 오르질 않을까 걱정했다. 김 사장은 이번에는 잘못 선택했다고 하였다. 분명히 특허를 따냈다고 1면에 나왔는데 알 수가 없었다. 그런데 반전이 일어났다. 두 달 정도 내리 가더니 그 다음부터 계속 오르는 주식이 되었다. 수익도 만만치 않게 내었다.

"너는 너무 높을 때 들어가잖아."

"그럼 낮을 때가 언젠지 어떻게 알아요."

김 사장은 아무런 말도 못 하고 높게 들어간다고 계속 말했다. 언제가 높고 낮은지 정확히 어떻게 아느냐 말이다. 그건 신만이 아는 것이다. 대충은 감으로 알 수 있다. 정보, 차트와 재무제표로 그러나 정확히는 알 수가 없다. 그럼 PB들은 다 부자가 된다. 이즘에서 허세는 주식에 대한 회의가 들기 시작한다. 유흥비로 날린 돈을 다 복구하려던 목표에 너무나도 못 미치고 노력한 결과에도 만족하지 못하자, 또 다른 카드를 만지작거린다. 그 건 앞서 말하던 학원 강사였다. 그러나 당장 카드를 실천하질 못했다. 주식 재미에 빠져 있었기 때문이다. 그런데 하루는 천숙이 가게에서 놀고 있는데 천숙이가

"허세, 김 사장과 어울리는데 사귀지 마."

"왜."

"나이 차이가 나고 아무튼 사귀지 마."

왜 그럴까 생각하며 약국 쪽으로 올라오는데 김 사장이 담배를 피우고 있었다.

"천숙이가 형님하고 사귀지 마라 그러네."

"뭐 게는 왜 그런 말을 하냐. 우리 아파트로 가자 안 그래도 증권회사 옮겼는데 가입을 해야 데. 젊으니까 금방 할 거야."

허세는 김 사장이 일일이 불러 주는 -아이디와 비밀번호 등- 것을 기입한다. 그리고 밤이 되자 김 사장이 수고했다고 술을 산다고 하였다. 그러면서 장사기와 성태도 부르라고 한다. 네 명이서 술 겸 밥을 먹는데 이 사장 얘기가 나왔다. 허세가 핸드폰을 만지작거리며 번호를 찾다가 이 사장 전화번호가 있다고 했다. 전화를 하자 이 사장이 전화를 받는다. 김 사장이 바꿔 달라고 그랬다.

"이 사장님 요즘 뭐해요."

"주식 좀 하고 있어요."

"노량진으로 오실래요."

"예."

금방 택시를 타고 이 사장이 도착하자 분위기는 화기애애해진다. 그러면서 이 사장이

"아몰레드 얘기를 한다."

허세가

"내가 경제 신문을 그렇게 읽어도 못 들어 본 단어야. LED(발광다이오드)는 많이 읽었지. 이 사장님 어디서 읽었어요."

"그 정도는 기본이지."

그러면서 이 사장이 노량진에 다시 나타나자 사람들이 다 좋아한다. 우리가 다 싫어하던 빈대인 명소도 좋아한다. 그렇게 노량진은 모이면 주식 얘기 흩어지면 또 주식 얘기를 한다. 그러면서 이

장사기

사장이 일억 차트를 허세에게 가르쳐 주겠다고 뻥을 친다. 허세가 김 사장과 같이 가자고 제안한다. 별거 아니었다. 차트를 대고 클릭하면 전체를 한눈에 보는 거였다.

　일일선, 주선, 한 달선, 일 년 선 등이었다. 그거 모르는 사람 어디 있을까! 이 사장의 뻥은 알아주어야 했다. 그러면서 부동산을 하자고 했다. 부동산이 재미있다면서 주식은 별로라고 했다. 부동산은 큰돈이 있어야 했다. 허세에게 그런 큰돈이 어디 있는가? 그러면서 김 사장이 자기 말을 듣지 않아서 5,000만을 벌지 못했다고 했다. 김 사장도 사실이라고 했다. 아들이 그 아파트가 싫다고 해서 안 샀다고 했다. '부동산, 부동산, 부동산'이라 허세는 혼자 곰곰이 생각한다. '시골 논을 팔아.' 고민한다. 주식의 매력에 빠져 있던 허세는 '당분간 주식이나 하자.'라고 결심한다. 그러면서 삼신전기를 산다. 처음에는 꽤 수익이 났다. 강 영한 PB도 삼신전기가 잘 돼 가냐고 관심을 나타내었다. 그런데 갑자기 삼신전기가 내리는 것이었다. 허세는 계속 보라매 지점을 왔다 갔다 한다. 지점장도 요즘은 주식 하는 것이 아니라고 했다. 조종을 받는 기간이었다. 그런데 김 사장이 자기는 안 하면서 주식 저축을 하라는 거였다. 무슨 말이냐면 한 주식을 사서 내리면 사고 또 한참 있다가 내리면 또 사고 내리면 또 사고 계속 그렇게 하다가 나중에 많이 오르면 다 팔라는 것이었다. 강영한 PB를 찾아가 말을 하니 괜찮은 방법이라며 국제유가 수혜주 대명항공을 하자고 그랬다. 그렇게 사서 있는데, 장사기에게 대명항공을 샀다고 그랬다.

　"신종플루가 유행하는데 비행기를 타냐."

"그렇고 보니 그래."

허세는 주식 저축을 하지 않고 팔아 버린다. 나중에 알아보니 비행기는 화물이 훨씬 많이 사용하는 것을 알게 된다. 그 당시에 26,000원 하던 것이 78,000원까지 오른다. 장사기 때문에 찬스를 놓치게 된다.

"형 때문에 찬스를 놓쳤어."

"허허."

장사기는 좋아서 죽는다. 잘 알지도 못하고 얘기했지만 허세가 손해 본 것이 좋아서 웃는다. 마침 약국이 문을 닫을 시간이어서 장사기가 천숙이 가게 가자고 했다. 천숙이가 허세를 보자, 어이없다는 표정을 지으며

"허세야 내가 박 감독과 사귄다고 노량진에 소문이 났다."

"박 감독이 누나를 좋아하는 것 같았는데 누나는 노인으로 생각하고 있잖아. 아파트에 가서도 '내가 살아도 되겠다'고 그럴 때부터 알아봤어."

"그래도 그렇지 노인이랑 소문이 나냐."

얘기를 하던 중 김 사장이 가게로 들어온다.

"허세 여기서 장사기랑 술 한잔하는 거야."

그러면서 민숙이 누나에게로 간다. 꽤나 진지하게 얘기를 한다. 그러나 천숙이는 노인이랑 소문이 난 것이 못마땅해 계속 허세에게 푸념을 한다. 장사기는 웃으면서 박 감독을 조심하라고 천숙이에게 얘기한다. 그런데 김 사장이 민숙이 누나와 얘기하는 것이 허세가 멀리서 듣기론 주식 얘기를 하는 것 같았다. 나중에 안 것이

지만 김 사장이 주식을 잘하니 민숙이 누나 돈을 김 사장에게 맡기면 수익을 내 주겠다고 얘기한 것이었다. 민숙이는 믿고 돈을 맡긴다. 이 사장 말에 의하면 김 사장이 사실 민숙이를 좋아했다고 한다. 그런데 민숙이는 이 사장을 좋아했다고 한다. 허세는 이 사장 말을 믿어야 하는지 알 수가 없었다. 이 사장은 자기 말에 의하면 지가 항상 최고다. 사실 돈에 있어서도 다시 호프집에서 전화해 불렀을 때 둘이서 편의점에 갈 일이 있어 갔는데, 이 사장 카드에 3,000만 원이 넘는 돈이 있는 걸 허세는 똑똑히 확인했다. 그런데 매일 명소처럼 얻어먹는다. 그런 명소는 싫은데 이 사장은 귀여운 건 왜일까? 김 사장도 허세와 같은 느낌을 갖고 있는 것 같았다. 아무튼 민숙이가 맡긴 돈이 궁금해 나중에 김 사장에게 물으니

"수익은 내준다고 큰소리쳤겠다. 고민 많이 했어. 그때 장이 안 좋았지. 더 떨어지면 더 손해 보고 사실 손절가 했어."

"얼마 맡겼는데요."

"500만 원 줬어. 500만 원 안 되는 돈을 맡겼는데 수익 냈다고 거짓말해 500만 원 줬어. 쉽게 말하면 하얀 거래를 했지."

그러면서 생각에 잠긴 모습이 정말 민숙이를 좋아하는 것 같았다. 민숙이가 예쁜 얼굴은 아니었다. 그러나 차분하고 참한 얼굴이었다. 김 사장도 민숙이가 온 뒤로 천숙이 가게를 더 들락거린다. 그런데 하루 종일 김 사장이 보이질 않았다. 그때 중동에 안 좋은 소식이 있었다. 무슨 얘기냐 하면 주식은 안 좋은 소식이 있으면 내렸다가 다시 이 삼일 뒤에 오르는 경우가 많았다. 허세도 그것을 알고 있었다. 그러나 삼신전기에 많은 돈을 투자해 자금의 여유가

없었다. 내렸을 때 3억 정도 주식을 산 김 사장은 그다음 날 주식
이 올라 장을 마치고 밖으로 나온다. 허세가 보니 매우 긴장된 모
습이었다. 그다음 날 코스피를 지켜보다 내리자 다 팔아 버린다.

"얼마 벌었어요."

"3,000만 원. 담당 PB도 잘 팔았다고 하더라. 종목도 내가 정했
고 파는 시점도 내가 정 했어."

그때 사실은 허세가 장사기에게 삼신전기를 사라고 권했지만 말
을 듣지 않았다. 계속 삼신전기가 올랐다 내렸다 했다. 또다시 내
렸을 때 다시 사라고 하자 산다. 허세가 팔라 그럴 때까지 팔지 말
라고 그랬는데 조금 수익을 내고 판다.

"내가 조금 더 있다가 팔라고 그랬잖아."

"너무 많이 올랐어."

"이번에는 어떻게 사라고 할 때 샀어."

"하수권 PB에게 물어보고 샀어. 그래도 허세 때문에 78만 원 정
도 벌었다."

"하휴 그냥 꽉."

김 사장이 그때 뿌듯한 표정을 지으며 들어오자, 허세가

"여러 종목 살 필요 없어요. 한 종목을 가지고 계속 우려먹어도
괜찮아요."

"허세 말이 맞아. 여러 종목 살 필요 없어. 허세가 주식에 눈을
뜨고 있어."

"김 사장님 제가 대형주 상한가 칠 때도 팔지 말라 그런 적도
있죠."

"맞아 맞아."

장사기는 어리숙해서 무슨 말을 하는지도 모른다. 약이나 팔 줄 알지 말이다. 그러나 눈치가 빨라 계속 김 사장에게 주식 자문을 구한다. 김 사장은 귀찮아하면서도 갈 데가 없어 도움을 준다. 그러나 서 약사는 김 사장에게 약간의 자문을 구하다 바빠서인지 주식을 하질 않는다. 약국은 매일 주식 얘기만 하는 장소로 변한다. 그런데 저녁 즈음에 참 재미있는 상황이 벌어진다. 이 사장과 명소가 같이 있다가

"이 사장님 삶은 계란 좀 사 주세요."

"사 먹어. 어디서 빈대 질을 하고 있어."

빈대 대 빈대끼리 싸움을 하고 있었다. 결국 싸움은 이 사장 빈대의 승리로 끝난다. 명소는 사달라고 괜히 그랬다는 표정을 짓는다. 명소는 왜 그리 얻어먹으려고 하는가? 얼굴에 있는 피부도 벌게서 꼭 사기꾼 피부 같았다. 성태가 싫어하는 이유도 그런 부분이 있기 때문이다. 장사기가 명소에 대해서 어떻게 생각하고 있는가는 허세는 알고 있질 못했다. 여기에 대해서는 추후에 서술하기로 하자. 그런데 허세가 아침에 늦잠을 자고 있는데 전화가 왔다.

"여보세요."

"허세야, 천숙이 누나인데 내가 김 사장과 사귀지 말라 그랬냐."

김 사장과 같이 있는 걸 느낌으로 알고

"나는 그런 말 한 적 없어."

"그런 말 한 적 없다는데."

"야 임마 남자가 했다 그랬으면 했다 그래라."

"제가 어떻게 그래요."

"알았어. 이번 기회에 말조심시켜야 돼."

허세는 난데없이 전화를 받자 정신이 어리벙벙하였다. 무슨 일인지 귀신 곡할 노릇이었다. 그래서 이 사장에게 전화를 해 만나자고 그랬다. 자초지종을 말하자 이 사장은 김 사장이 그 부분에 있어서 좀 치사한 말을 했다고 인정한다. 김 사장을 전화로 불러,

"허세가 아침에 전화를 받고 많이 놀랐습니다. 이번에는 김 사장님이 잘못을 한 것 같아요."

그렇게 허세의 마음을 풀어 주고 들어주는 이 사장의 매력에 점점 빠진다. 그것을 질투하는 김 사장은 이 사장을 미워하기 시작한다. 처음에는 이 사장이 김 사장을 허세보다 훨씬 좋아했다. 셋이서 얘기하다가도 헤어질 때 김 사장에게만 인사하고 떠났다. 그러다 허세가 이 사장과 친해지면서 돈도 많이 쓰고 재미있게 해 주자, 허세에게 매일 전화한다. 허세도 그것이 반갑고 기분이 좋았다. 그렇게 지내고 있는데 국장님을 오랜만에 약국에서 만났다.

"허세 요즘 동네 건달들과 어울리고 다니는데, 어울리면 안 돼."

"왜 건달이에요. 기자협회회장까지 했어요."

"참 높은 분인가 보다. 아무튼 안 돼."

그 얘길 김 사장에게 말하자

"맞아. 내가 건달은 건달이야. 직장도 없고 주식만 하니깐 매일 여기저기 왔다 갔다 하잖아. 그래도 그렇지 약국에 가서 약도 사는데 인사 한 번 안 해. 그건 아니지."

라며 말한다. 그런데 그 당시에 장이 너무 안 좋았다. 허세도 몇

종목 들어갔지만 고전을 면치 못했다. 김 사장과 자영이 할머니 집에서 만나 주식을 얘기하는데 서로 힘들어한다. 가게는 너무 지저분하고 더러웠다. 청소를 거의 안 했다. 허세가 가게를 좀 치우다가 그만 선풍기를 쳤다. 선풍기는 살짝 망가졌다.

"니 큰일 났다."

"왜요."

"할머니가 그걸 알면 가만있을까? 그 할머니 보통내기가 아니야."

"할 수 없죠."

며칠 뒤 저녁에 가게를 가자 선풍기를 살짝 모형만 맞추어 놓았다. 조금 있다가 김 사장과 자영이 할머니가 들어왔다. 선풍기를 가리키며

"뭐 이런 걸 여기에 두어요."

"그 선풍기 7만 원 주고 샀어. 7만 원 조."

순진한 허세가 7만 원을 주려고 하자

"5만 원 만 조."

5만 원을 주고 나서 김 사장과 약국으로 온다. 사람들이 다 모여 있었다. 갑자기

"그거 부품만 갈아 끼워 써도 되잖아."

하며 자영이 할머니를 욕하자, 자영이 할머니는 자기 욕을 할 걸 알았는지, 상기된 표정으로 약국으로 들어온다.

"부품만 서비스받아도 되잖아요."

"나는 내 것이 좋아. 부품 서비스 안 받아."

"기가 막힐 노릇이네."

그렇게 할머니와 옥신각신하다가 할머니가 나가자

"소주 한잔하자. 내가 살게."

허세는 화가 덜 풀려 연달아 못 먹는 소주를 마신다. 한 번도 당해 보지 못한 일을 격자 울분이 나서 도저히 견딜 수가 없었다. 모두 다 자영이 할머니를 욕했다. 새로 사도 5만 원이 안 되는 걸 5만 원을 받았으니 말이다. 한 잔 두 잔 마시며 취기가 오르자 허세가

"북창동으로 가. 술값은 내가 다 낼게."

그렇게 모두 다 놀랜 허세의 마음을 풀어 주기 위해 북창동으로 간다. 한잔 두잔 양주를 먹는데 허세가 갑자기 연거푸 못 먹는 양주를 마시자 말린다. 그래도 허세는 마신다. 그런데 갑자기 허세가 오바이트를 한다. 많이 오바이트를 해서 VIP실은 냄새가 나 더 양주를 마시지 못한다. 둘째와 셋째 방도 그렇게 하자, 도저히 술을 못 먹고 다 노량진으로 온다. 나중에 안 사실이지만 소주를 먹고 양주를 먹으면 많이 그렇게 오바이트를 한다고 한다. 그러나 소주를 먹어도 찬 얼음 양주를 마시면 괜찮다고 한다. 명소는 공짜로 양주를 마실 기회를 잃자, 투덜투덜 댄다. 그다음 날 우 마담은 허세에게 전화를 한다.

"그렇게 술 먹을 거면 오지 마."

"내가 술값 다 내었잖아."

"청소하는데 얼마나 애먹은 줄 알아."

"소주 먹고 양주 먹어서 그래. 처음이잖아."

"알았어."

그렇게 한 달이 지나자 부동산 가게는 김 사장 외에 쥐새끼 한

장사기

마리 보이질 않는다. 명소도 선풍기 하나에 5만 원을 받았다며 발을 끊어 버린다. 허세가

"이 사장님은 왜 부동산 가게에 안 가요. 할머니가 이 사장님 좋아하시잖아요."

"나도 괜히 가게에 갔다가 뭐 하나 잘못 건드리면 돈 달라 하면 물어 조야 돼."

참 웃기는 얘기가 아닐 수 없었다. 하루는 김 사장이 부동산 가게에 갔다. 조금 있다 선화 할머니가 오자

"뭐 넝마에요. 이렇게 동네 쓰레기 재활용품을 다 주어다 가게에 나 두게요."

그 말을 그대로 선화 할머니는 자영이 할머니에게 일러준다. 그 다음 날 둘이 부동산 가게에서 만나자

"너도 오 지마."

김 사장은 선화 할머니가 말한 지 눈치채고

"우리 아버지 장례식장에 이 사장하고 같이 조문객이 많이 오질 안 했다고 했다는데."

"누가."

"허세가."

그만 할머니는 말을 잃는다. 자기도 잘못을 인정하기 때문이다. 김 사장도 분이 덜 풀려 허세에게 전화를 해 사정을 말하고 약국으로 내려오라고 했다. 마침 그때 허세 어머니가 원룸에 건강 때문에 와 있을 때였다. 어머니도 전화 받은 사정을 듣고 허세가 나가자, 기도를 한다. 김 사장이 허세를 만나자, 같이 부동산 가게로 싸우

러 가자고 했다.

"똥이 무서워서 피해요. 더러운 사람과 어울리지 않으면 돼요."

허세는 감정이 남아 있었지만 왜 같이 싸우러 가질 안 했는지 알수가 없었다. 술 한 잔을 김 사장과 하고 집으로 오자, 어머니는 아직도 기도하고 있었다. 허세는 안 싸운 것이 기도 덕분이라고 생각한다. 그다음 날 김 사장을 약국에서 만났는데 얼굴을 계속 갸우뚱거렸다. 사실을 묻자 경찰서에 가서 자영이 할머니가 부동산 자격증이 없이 가게를 운영한다고 신고를 했다고 했다. 경찰서에서는 그렇게는 신고가 안 되고 부동산 계약을 할 때의 사진을 찍어 오라고 했다고 한다. 사실 김 사장은 부동산 자격증이 없는 것을 알고 있었지만 허세는 모르고 있었다. 김 사장은 싸우고 나니깐 울분이 나서 가게를 문 닫게 하려고 한 것이다. 허세는 김 사장을 조심해야겠다고 생각했다. 한 마디로 무서웠다. '아무리 싸워도 그렇지 문까지 닫게 하려고 하는가?'라고 생각한다. 그때 마침 국장님이 고기를 구워 먹자고 했다. 김 사장은 국장님과 사이가 안 좋아 아파트로 올라가고 장 약사와 오후 네 시경에 먹고 있는데 성태가 보이질 않았다. 국장님이

"왜 성태가 보이질 않지."

"제가 가 볼게요."

아파트가 마침 문이 열려 있어 열자 성태가 침대에 누워 있고 우마담은 가죽옷을 입고 서 있었다. 둘이 놀라는 표정이었다. 성태가 허세를 보고 팔을 저으며 나가라는 손짓을 했다. 허세는 나가고 우마담에게서 전화가 왔다.

"성태에게 볼일이 있어 잠깐 들렀어."

"그래."

그다음 날 성태에게 따지자

"우 마담이 반찬 해서 주러 자주 와."

"나는 왜 같이 있나 했네."

허세는 그 말을 믿고 약국으로 갔다. 그런데 김 사장과 국장님이 화기애애하게 얘기를 주고받고 있었다. 얘기를 들어 본 즉 어제 아파트로 간 이후 다시 만나 카드까지 쳤다고 했다. 그 뒤로 더욱더 국장님과 김 사장은 친하게 지내고 약도 영양제를 몇 개 더 샀다. 허세도 좋아하며 국장님과의 원만해진 인간관계를 응원했다. 그런데 성태가 한동안 보이질 않자 국장님과 고기를 또 8시경에 구워 먹다가 성태 아파트로 가자 문이 열려 있어 보니 시골에서 올라오신 어머니와 동생이 저녁을 먹고 있었다. 이번에는 우 마담이 보이질 않았다. 조금 뒤 성태가 저녁을 먹고 약국으로 와

"허세, 우 마담이 있어."

"없던데."

"우 마담과 나는 친구 사이일 뿐이야. 아무 관계도 아니야. 나와 이혼한 진영이 엄마 친구야. 왜 사람들은 우 마담과 나를 이상하게 생각해."

"맞아 맞아."

그렇게 말하고 근처 술집에서 김 사장과 셋이서 술을 먹는다. 성태는 그 자리에서 또 명소 욕을 한다. 돈을 안 쓰니, 너무 뻔뻔스러우니, 꼭 사기꾼처럼 생겼다고 욕을 한다. 그런다고 고쳐질 명소의

버릇이 아니었다. 그런데 하루는 명소가 약국에서 허풍을 떠는데, 국장님이 안 계실 때였다.

"내가 한약에 대해서는 국장님보다 잘 알고 탕약 만드는 것도 국 장님보다 한 수 위야."

그렇게 말하자 순진한 허세는 명소가 생약을 대는 것을 보고 그 대로 믿었다. 그 뒤 국장님과 장 약사가 있을 때

"명소가 국장님보다 한약에 대해서는 한 수 위라는 데요."

"그래."

어이없는 표정을 지으며 명소에게 전화를 한다.

"명소 한약을 그렇게 잘 짓는다며 한 번 지어 봐."

"예 예."

한 대 뒤통수를 얻어맞은 명소는 죄송하다고 빈다. 그다음 날 저 녁에 허세를 보자 화를 내었다. 명소를 잘 아는 허세는

"형 술 살게."

하며 살살 달랜다.

"형은 말이다. 니가 아는 그런 형이 아니다. 학창시절 한때 학교 에서 회장을 했고 우리 어머니가 물려줄 재산도 만만치 않다. 지금 은 비록 제약회사에서 약 대주는 일을 하고 있지만 형 덩치를 바라 젊었을 때 일곱 명을 상대로 칠 대일로 싸워서 이겼다."

'그러면 뭐해 성태에겐 꼼짝도 못 하는 데. 상대가 너무 강해서 그런가!'라고 생각한다. 사실 명소 덩치는 성태보다도 훨씬 컸다. 키 백 팔십에 크게 벌어진 어깨며 덩치는 놀라웠다. 그러나 성태는 합기도 삼단에 큰 주먹을 가졌고 빠른 기동력을 자랑했다. 옆에 있

던 김 사장과 장사기는 명소의 허풍에 웃는다. 허세는 잘못을 했기 때문에 비위를 계속 맞추어 주었다. 형이 최고라며 손짓을 하며 기분을 달래어 주었다. 호프집에서 술 한 잔을 하고 나오는데 명소가

"허세야 형이 니를 사랑한다."

뜬금없는 소리를 듣자 허세는 '뭐야'라 생각한다. 다름이 아니라 오늘 술을 잘 먹었고 기분을 맞추어 주어서 고맙다는 의미였다. 계속 약국은 잘 경영이 이루어져서 노량진에서는 제일 장사가 잘되는 약국으로 자리를 잡았다. 그런데 서 약사가 진영이 엄마가 약국에 왔다고 했다. 그런데 굉장히 미인이라고 했다. 키도 크고 얼굴도 중후한 미모의 여인이라 했다. 성태에게 그 사실을 말하자 가끔 진영이 아플 때 온다고 하였다. 허세는 성태가 여자 보는 수준이 높았나 생각한다. 그때쯤 약국에 서 약사의 남편이 왔다. 체육복 차림으로 약국에 와 이 약 저 약을 샀다. 허세는 '부인이 하는 약국에 옷을 저렇게 입고 오면 어떻게.'라고 생각한다. 덩치는 좋고 성격이 참 좋아 보였다. 역시 서 약사가 좋아하는 스타일이었다. 그리고 나서 서 약사가 잠깐 약국을 그만둔다는 말이 있었다. 시간을 약국에서 빼앗기고 해서 아이 키우는 데 지장도 있고 그동안 일을 했으니 쉬고 싶은 모양이었다. 남편도 돈을 벌고 하니 경제적인 문제는 없는 것 같았다. 그때 서 약사에게

"어떻게 하다 전공을 바꾸게 되었어요."

"들어갈 때는 취직도 잘 되고 그런다고 해서 갔는데, 졸업할 때는 그게 아니었어요."

"그 여대 편입이 어려운데."

"경쟁률이 높아요."

허세는 또 서 약사의 겸손함에 존경을 표한다. 들어가기가 어려운 게 아니라 경쟁률이 높다고 말을 낮춘다. 서 약사는 항상 차분한 마음으로 자기를 가꾸며 매사를 신중히 결정하는 현숙한 여인임이 틀림없었다. 이렇게 허세가 서 약사에 대해 칭찬을 하는 것은 빠른 머리 회전도 한몫했다. 허세가 최근에 알게 된 지식을 나중에 잊어버렸는데, 그것을 서 약사는 알고 있었다. '어제 외운 지식일까.'라고 허세가 생각도 해 보았지만 서 약사의 암기 속도를 따라갈 수 없었다. 겸손하며 신중하고 예의 바르며 냉철한 서 약사에 대한 존경심을 허세는 항상 갖고 있었다. 학벌에도 많이 밀리고 머리에도 밀리고 아직까지 여자에게 가져보지 못한 콤플렉스를 허세는 갖고 있었다. 그렇게 서 약사와 얘기를 하고 그동안 마른반찬이 동이 나서 지하 박 집사의 가게로 간다. 반찬 가게가 튀김 가게로 변해 있었다.

"박 집사님 가게 바꿨어요."

"반찬 가게도 싫증 나고 해서 한 번 바꿨어요."

맛있게 먹고 성태와 올라오는데

"반찬 가게가 잘 됐으면 튀김 가게로 변했겠냐! 저것도 몰라 어떻게 될지. 맛은 있지."

"응."

결국 그 튀김 가게도 얼마 안 있어 그만둔다. 그러다 박 집사가 허세에게 만나자고 전화를 한다. 다름 아닌 암웨그 사업을 한다고 했다. 영양제를 좀 사 달라고 했다.

"암웨그는 중산층이 쓰는 제품이야. 돈 많은 사람은 수준 낮다고 안 써."

"하나 사 줘. 매일 밥 사 먹잖아. 중산층이야. 성태 씨 매일 맛있는 거 사 주면서 내 것도 하나 사 줘."

허세는 '어머니를 드시게 해야겠다'는 생각에 하나 산다. 암웨그가 되냐고. 막내 매형이 암웨그에 한 때 미쳐 허세에게 잠도 못 자게 설교를 하더니 또 한 명이 탄생했다. 박 집사는 하는 일이 왜 그리 안 되는질 몰랐다. 새벽 기도도 하루도 안 빠지고 가는데 하나님은 언제 우리 박 집사님을 사업 번창하게 할까? 아직 때가 아닌가? 그때라면 그때는 언젠가? 왜 이런 말을 하면 허세가 한 번 새벽 기도 갔을 때 열심히 부부가 간곡히 기도하는 모습을 보았기 때문이다. 교회에서는 교회 잡지에 전도 왕으로 맨 앞면에 나오고 그렇게 열심히 사는데, 신이시여 굽어살피옵소서. 남편도 대구에 있는 제일 명문대 법대를 나왔다. 한때는 좋은 머리를 믿고 삼 년 안에 사법고시를 패스할 수 있다는 야망을 품고 공부하다가 박 집사를 만났다. 아니 만나지 말았어야 했다. 공부하던 중에 만나니 공부에 방해가 되었다. 패스하고 만나 결혼을 했으면 얼마나 좋았을까? 그러면 박 집사는 검사의 부인이 되고 행복하게 살며 고생하지 않았을 것이다. 어느 날 길을 가다 박 집사 부부를 만났다. 박 집사가 차 한 잔을 하자며 말했다.

"허세 씨 요즘 술 마시며 노량진을 헤매고 다니는 데 정신 차려."

"그럼 박 집사는 천숙이 누나 가게에서 개업식 때 왜 맥주 먹어."

"나는 엄마 친구이니 메뉴판 글씨 쓰러 갔지. 딱 한 모금 마셨다.

예수님도 최후의 만찬 때 포도주 마셨어. 여름에 너무 더운 날 맥주 한 잔은 괜찮지. 밤낮 술을 먹어!"

참말이 말이지 위장병 걸렸을 때 술 한 모금 안 마신 허세가 어떻게 하다 돌 예수꾼이 되었다. 그래도 담배는 피우질 않았다. 그렇다고 해서 변명의 여지는 없으나 허세는 한 번도 술주정이나 필름이 끊긴 적은 없었다. 술을 좋아한다기보다 사람을 좋아하고 사람들과 어울리기를 좋아했다. 그렇다고 해서 박 집사의 설교를 귀담아듣지는 못했다. 나중에는 후회하지만 말이다. 그날 김 사장과 저녁에 밥을 먹고 길을 가는데 웬 아주머니가 걸어갔다. 김 사장이 아는 척을 했다. 다름 아닌 박 집사의 엄마였다. 허세가 가만있을세라

"제가 박 집사님 알아요."

"예 좀 도와주세요."

"예 조심해서 가세요."

많이 힘들어하는 표정이었다.

"지금 딸이 힘들잖아. 어릴 때는 예뻐서 조순 시장에게 꽃다발도 주었다는데, 암웨그 사업을 하니. 시동생도 S대 법대를 나와 우리나라에서 제일 큰 대기업에 다니다 이 년 만에 사법고시를 합격하려고 하다 안 돼, 지금 칠 급 공무원 시험을 공부하고 있데."

"칠 급이 요즘 하늘에 별 따기예요."

"니 말이 맞아."

"그런데 말이다. 요즘 장이 많이 안 좋아. 큰일이다."

"저도 큰일이에요. 삼신전기에 거의 다 투자하고 나머지는 두 종목

조금 들어갔어요. 삼신전기가 처음에는 꽤 수익을 냈는데 장이 안 좋아 지금 손해 보고 있어요. 어떻게 해야 될질 모르겠어요."

"팔면 안 되겠냐."

"손해 보고 어떻게 팔아요."

"그것도 그렇네."

"부동산 할망구 얼굴 좀 봐라. 엉망이잖아. 물려서 그래. 아니 돈을 많이 가진 사람이 사는 삼신전자를 얼마 가지고 있지 않은 돈으로 삼신전자를 사. 주식 할 줄 몰라."

"또 장이 좋아지겠죠."

"또 좋아지지."

그때 이 사장이 오면서

"거기서 무슨 얘기해요."

"주식 얘기 좀 하고 있었어요."

"이 사장 호프 한 잔 사지."

"김 사장님 돈이 어디 있어요. 매일 여기 올 때마다 택시 타고 오잖아요. 그래서 다 썼었어요."

"제발 택시, 택시, 택시 얘기 좀 하지 마."

사실 이 사장은 아직도 카드에 돈이 많이 남아 있었다. 택시 요금이 얼마 들어 3,000만이 넘는 돈을 다 쓰는가. 돈을 쓰는 것이 아까워서 그렇다. 왜냐하면 와 봐야 자기에게는 들을 말이나 얻는 수준의 정보도 없기 때문에 돈을 안 썼다. 그러다가 자영이 할머니 얘기가 나왔다. 허세가

"할머니가 돈이 생각보다 많은 거 같아요. 남편이 종로에서 주차

장을 경영한대요."

김 사장이

"거짓말이야. 주차장에서 경비서. 자네에겐 경비 선다면 창피해서 거짓말한 거야."

"그런 것까지 거짓말해요."

"니가 우리 아버지 장례식 사건 말했다고 나와 자영이 할머니 사이를 이간질했다고 약국에 다 퍼뜨렸어."

이 사장이

"나도 말조심해야겠다."

"이 사장님이 왜 말조심을 해야 돼요. 매일 '할머니가 잘생겼다'고 말하는데요."

사실 이 사장이 잘생긴 얼굴은 아니었다. 그러나 할머니는 볼 때마다 잘 생겼다고 말했다. 그 사실을 허세는 나중에도 알지를 못했다. 그냥 보통의 키에 서글서글한 면이 있는 것은 큰 장점이었고, 말을 하기보다는 공감각적 경청을 하니 여자가 좋아하는 타입이라고 할 수 있을까? 그렇다고 옷을 잘 입는 것도 아니고 돈을 잘 쓰는 것도 아닌데 왜 여자들이 따르는질 이해할 수 없었다. 바로 말을 듣는 방법 다시 말하면 공감각적 경청을 하기 때문이었다. 책에서 읽은 것이 아니라 천성이 그러했다. 유비가 부드러움과 너그러움에 의를 쫓았는데, 그도 부드러움에 너그러웠으나 의를 쫓지는 못했다. 매일 얻어먹는 쪽에 자신을 굽히는 한량이었다. 그러면서 자기가 주식을 하면 백억 대 돈을 벌 수 있다고 허세에게 큰소리치고 다녔다. 그런데, 그즈음에 약국에 무당이 들락거렸다. 약을 사기 위해서였다. 성태가 그 무당을 보고 인사를 정중하게 하였다.

"어 아주 씩씩한 청년이야."

"요즘은 어디서 일해요."

"아 이 근처에서."

성태는 허세에게 그 무당이 용하게 잘 맞춘다고 칭찬을 아끼지 않았다. 허세는 교회를 다녀서인지 어이가 없다는 표정을 짓는다. 그 뒤로 여러 번 무당을 보게 된다. 그때마다 성태는 무당에게 인사를 하고 허세는 인사를 하지 않는다. 무당은 허세가 인사를 하지 않는다고 투덜댄다. '용하게 맞춘다고 그걸 믿어 맞아도 안 믿는다.'라고 허세는 생각한다. 그 뒤로 허세와 무당은 약국에서 부딪쳤다. 점점 무당은 허세를 피하며 기독교의 욕을 하며 다닌다. 허세는 소문을 듣고 기분이 나빠 한 번 벼르고 있었다. 그러던 어느 날 무당과 약국에서 만났다.

"왜 교회 욕을 하고 다니는데요."

"내가 무슨 욕을 하는가. 목사님도 우리와 같은 업에서 종사하는 분이야."

"무슨 같은 업에서 종사해요. 말도 안 되는 소리 하지 마세요. 한 번 그러면 화내요."

"알겠네. 총각."

그런 뒤 약국에서 무당이 보이질 않았다. 성태는 허세와 술을 먹으면서 무당이 보이질 않는다고 이상하게 생각하였다. 허세는 모른 척하며 천숙이 누나 가게에서 호프를 마시며 민숙이 누나에게 박 감독 얘기를 하였다. 박 감독이 저번에 얘기한 볼펜 공장 얘기를 하였다. 다른 게 아니라 박 감독이 젊었을 때 볼펜 공장을 운영했다고 말하자, 노량진에 한때 살았던 민숙이 누나는 거짓말이라고 하였다. 볼펜 공장을 한 것이 아니라 농수산물 운반을 하였다고 했다. 그 얘기를 듣고 있던 성태는 내 주위에 있는 사람들은 사기꾼이 많다고 소리를 질렀다. 박 감독은 창피해서 볼펜 공장을 했다고 한 것이다. 허세는 참 이상 하였다. 볼펜의 심이 어떻고 볼펜의 모양에 대해서도 설교를 하던 박 감독인데 어떻게 볼펜을 잘 알지 고개를 갸우뚱거렸다. 볼펜에 대한 기본 이론만 알고 하던 소린가 의아해한다. 그런데 갑자기 허세가

"민수 형님이 요즘 왜 안 보이죠."

"술을 많이 먹어서 간암으로 죽었어."

천숙이는 아무렇지 않은 표정으로 큰 소리로 말했다. '그동안 얼마나 술을 먹었으면 암으로 죽을까.' 이상해한다. 나중에 사람들이 안 사실이지만 천숙이는 민수형을 경마장에서 만났다. 둘은 애인 사이라고 사람들은 말했다. 키가 크고 인물도 좋으니 천숙이가 만났던 것이다. 매일 무슨 수로 돈이 많아서 천숙이 가게에서 술을 먹는가! 사람들은 천숙이가 사귀다가 싫증 나 가게에 못 오게 했다고 했다. 천벌을 받을 천숙이가 아닌가? 그렇게 술을 마시고 집에 와서 잠을 잤다. 그다음 날 아침 박 감독이 장사기 가게에 약을 사러 갔는데 장사기가 주식에 관한 TV를 보고 있자

"약은 안 팔고 무슨 주식을 해."

"그러려면 우리 약국에 오지 마요."

"내하고 한번 붙어 보자."

한바탕 하고 나자, 장사기도 정신을 못 차리고 성태와 허세에게 전화를 해 그 싸움을 이야기한다. 아침 일찍 전화를 받은 허세는 박 감독 가게로 찾아간다.

"한바탕했다면서요."

"약 사러 갔는데 약은 안 팔고 주식만 보고 있으니 울화통이 나서 말했지."

"나이 들어서 왜 그래요. 다른 약국 이용하면 되잖아요."

아무 소리도 못 하고 박 감독은 혼자서 중얼중얼거린다. 나이 들어서 창피한지 알아야지 무슨 그 나이에 싸움을 하자고 대들고 허세 고향 망신 다 시키고 참 알 수가 없었다. 사실을 말하자면 장사기가 싸워도 노인인 박 감독을 이기지는 못한다. 장사기는 매일 운동도 안 하고 약만 팔아 빼빼해 힘이 없었다. 그 반면 박 감독은 매일 무거운 마늘을 상도동 고개까지 나르고 무거운 것을 많이 들어 늙었지만 근육이 살아 있었다. 팔에 벌건 힘줄이 아로새겨 있었고 넘실넘실 대는 근육 살이 파도를 탈 지경이었다. 박 감독은 배짱도 좋고 젊은 시절 한 가닥 했던 해병대 출신이었다. 향수에 젖어 있었기 때문에 장사기 정도는 우습게 알았다. 하지만 성태에 대해서는 달랐다. 허세에게 성태는 주먹 패라고 조심해야 된다고 여러 번 말했다. 그렇게 매일 옥신각신하는 사이에 어느 날 장 약사가 허세에게,

"허세 이제부터는 주식 할 때 벌은 돈은 저축하고 원금만 가지고 계속 주식을 해."

"듣고 보니 맞네. 어떻게 알았어."

그 얘기를 이 사장에게 말하자

"누가 말했어."

장 약사가 그랬다고 하자. 좋은 정보를 주었다고 말했다. 이 사장도 그때부터 조금씩 코스닥에 주식을 하기 시작했다. 장이 조금씩 풀리기 시작하고 있었다. 삼신전기도 본전을 회복하고 수익을 내기 시작하자 허세는 더욱 자신감을 갖기 시작한다. 며칠 지나 오랜만에 전부 모여 저녁 늦게 술을 한 잔씩하고 오는데 허세는 하나님 음성을 듣는다. "어머니 잘 모시고 살아라."라는 음성을 듣는다. 허세는 대학 4년 때부터 음성을 듣기 시작했다. 그 얘기를 사람들에게 이야기하자 정신 차리라고 했다. 허세는 이제는 주식을 그만하라는 뜻으로 알고 사람들에게 주식을 내일 다 팔아야겠다고 말한다. 자고 나서 주식을 다 팔자 또 장이 안 좋아진다. 음성이 환청이 아니라 하나님 음성임을 확신한다. 사람들은 잘 팔았다고 놀랐다. 자영이 할머니는 팔지도 못하고 끙끙 앓다가 찬스를 놓친다. 인상이 또 물려 말이 아니었다. 상가 계단을 내려오다 성태와 허세가 올라오는 걸 보고 무서워서 다시 올라간다. 허세는 할머니가 불쌍해 보였다. 괜히 노량진 남자들과 어울리다 잔꾀를 내어 살려고 하다 버림받았다. 그러나 장사기와는 친하게 지냈다. 약국도 예전과 같이 오고 뻔뻔스러운 모양은 얼굴에 철판을 깔았다. 뭐 선거 때가 되면 당도 여러 군데 가입해 여기서 얻어먹고 저기서 얻어먹었다. 예전에 김 사장에게 밥을 살 때는 돈을 주고 밥을 사는 것이 아니라 공무원 준비하는 고시생들 식권을 길에서 주워 그걸로 밥을 사곤 했다. 김 사장과 싸우고 나서 원수가 된 두 사람은 약국에서 하루는 만났다.

"김 사장님요. 이거 설 선물입니다."

하며 김 한 세트를 선물한다. 김 사장은 기분이 좋으며,

"이리로 한번 와 보세요. 살다 보면 싸울 수도 있고 그렇지 제가 다른 뜻은 없었습니다."

"예, 예, 김 사장님 말씀이 백번 맞습니다. 이제는 예전처럼 사이 좋게 지내요. 제가 오늘 기분도 좋으니 술 한 잔 살게요."

그렇게 둘은 화해를 한다. 그러나 허세는 둘의 화해를 반기지 않으며 씁쓸해한다. 둘을 한패로 몰아 대응을 할까? 둘 사이를 오가며 줄타기를 할까? 고민을 한다. 허세로서는 그렇게 빨리 화해가 될 줄은 전혀 예상 못 했기 때문이었다. 허세는 이 사장에게 좀 고견을 들어 봐야겠다는 생각이 들어 술 한 잔을 한다.

"나도 생각보다 너무 빠른 화해야."

"어떻게 하죠. 둘이 뭉치면 내 입장이 곤란한데."

"김 한 세트에 넘어가니, 김 사장 쪽팔리지도 않냐."

"김 한 세트가 문제가 아니에요. 내 처신이 중요해요."

"가만있어 봐 뾰족한 수가 있겠지. 오래가겠냐."

"술도 먹고 장이 요즘 갑자기 또 좋아져, 둘이 기분이 좋아 수산시장에 가서 양주-김 사장 집에서 가지고 온-도 먹었어요. 찹쌀궁합이 따로 없어요. 요즘 매일 부동산 가게에서 살아요."

"늙은 할망구를 조심해야 하는데."

그렇게 사이가 좋아져 지내다가 일은 또 터지고 말았다. 자영이할머니가 겉으로만 화해하는 척하며 뒤로는 김 사장 욕을 하고 다

넜다. 속이 좁아서였다. 천숙이 가게에 이 사장과 함께 있다는 얘기를 듣고 허세가 그리로 갔다. 이 사장은 계속 얘기만 듣고 김 사장은 할머니에게서 들은 스트레스를 말로 풀고 있었다.

"이 씨팔년이 말이야 내가 동네 여자를 다 따먹고 다녔다는 거야. 이제 더 이상의 화해는 없어."

"내가 허세에게도 얘기했지만 할망구를 조심해야 된다고 했어요."

"그래도 그렇지. 난 할망구한데 이젠 환장했어."

"첫 화해에서 신중을 했어야 했지요."

그러면서 김 사장은 온갖 욕을 하며 계속 할머니 욕을 했다. 그때마다 이 사장은 입술을 붙이며, 고개를 끄덕이며 김 사장의 얘기를 들어 준다. 모든 역사의 이치를 이해한 표정을 짓는다. 역시 듣기의 대가다운, 푸근한 인상의 고민을 들어 주는 이 사장이었다. 한국사가 생긴 이래 이런 인물은 없었을 것이다. 아니 세계사가 생긴 이래….

밤늦도록 얘기는 오고 갔다. 김 사장은 많이 술에 취해 있었다. 말을 많이 하며 스트레스를 푸니 술이 안 넘어갈 일 없었다. 다음 날 김 사장이 할머니를 약국에서 만나자 대번

"야, 내가 동네 여자를 다 따먹고 다닌다고 니가 소문을 내고 다니는데, 니가 내 자지를 봤어."

마침 서울로 잠깐 올라온 장 약사 부인이 있자, 장사기는 창피해서 죽는다.

"아휴, 김 사장님 그게 아니고요."

"아니긴 뭐가 아니야."

장사기

할머니는 겁이 나서 도망을 간다. 장 약사 부인은 그런 일을 처음 겪으니 놀라서 의아한 표정을 짓는다. 난장판이 된 약국은 허기진 늑대가 배를 채우고 난 뒤의 주위가 지저분한 것처럼 모든 공기가 피를 흘리고 있었다. 장 약사 부인은 괜히 올라왔다는 모습을 보이자, 장사기는 미안한 표정을 짓는다. 동네 노인정이 돼가는 약국은 인간적으로 먼저 접근하자는 전략이 돈은 벌지만 정신적으로 비인간화 되어 갔다. 그때 마침 국장님은 전주에 볼일이 있어 자리를 비웠기 때문에 순식간에 모든 일이 진행되었다. 그런 일이 있는 후였지만, 한동안 약국은 평화가 찾아오고 손님도 많이 찾아온다. 장사기는 벌어진 모든 일을 국장님이 모르게 비밀로 했다. 알면 국장님에게 사표 써야 되질 않을까? 허세는 한 번도 보지 못한 일을 겪자, 김 사장을 무서워한다. 그런 일이 있은 뒤 하루는 허세가 지나가는 박 집사 남편을 길에서 만났다.

"어디 가는 길이에요."

"저도 요즘 조금만 교회 중등부 수학을 가르치고 있어요. 같이 가 봐요."

"좋아요. 같이 가요."

그때 마침 성태가 온다.

"허세 어디 가냐."

"이 형님 따라 교회 가는 길이야."

"어 잘 가."

성태가 가자

"옛날에 전라도 조직을 휘어잡아 두목을 했어요."

"껄렁껄렁거리며 다니는 모습이 우습더라고요. 아휴, 쓰레기."

"그래도 지 딴엔 의리가 있다는데."

"의리 있는 사람은 의리 있다고 말 안 해요."

"김 사장과 같은 말을 하네."

"김 사장, 그것도 코만 커 가지고 나잇값을 못해요. 뭐 그런 사람하고 어울려 다녀요."

"재밌잖아요."

"수학과 나왔으니까 저 수학도 가르쳐 주시고 그런 사람들과 어울려 다니지 마세요. 패가망신해요."

그리고 교회에 아이들을 지도하고 상가로 올라오는데 떡집을 하는 정숙이 누나가 허세를 보고

"부잣집 아들 같다."

고 말했다. 그때 허세가 오랜만에 명품 옷을 사 입고 있었다.

"이거 샀건 데."

"비싸 보인다."

"떡 좀 있어요. 인절미 좀 주세요."

그리고 약국으로 가자, 고시원 사장이라는 사람이 장사기에게서 약을 사려고 하고 있었다. 둘이 흥정을 하는데, 장사기 표정이 예사롭지가 않았다. 고시원 사장은 결국 비싼 약을 산다. 그리고 옆에 있던 잡지를 본다.

"표지 모델이 내 스타일인데."

박 집사를 보고하는 소리였다. 박 집사가 교회 전도 왕으로 되어서 표지 모델로 나와 있었다. 박 집사의 미모도 보통이상의 참한

얼굴이었다. 큰 키에 이목구비가 뚜렷한 외모를 지니고 있었다. 남자들은 예쁜 여자는 다 좋아하는 모양이었다. 그런데, 좀 모순된 얘기지만 며칠 지나 김 사장을 만나 자영이 할머니와 화해를 하라고 허세가 권하자, 한 번은 몰라도 두 번은 용서가 안 된다고 하였다. 고집을 꺾을 수 없음을 알아 허세도 포기하고 만다. 허세의 변덕도 알아주었다. 둘의 화해를 경계하더니….

허세는 이제 주식을 그만하자는 생각이 들었다. 주식 재미도 생각만큼 벌지 못했다. 하루는 국장님이 계시는 약국에 가자

"허세 나도 이제 나이도 있고 하니 좀 쉬고 싶어."

"그런 말씀 하지 마세요. 독일의 철학자 쾨버는 에세이 '구름 없는 미래의 꿈을'에서 '나이가 많아지면 청년 시대보다도 한층 부지런해야 한다.'라는 말을 했는데, 이 계명을 이해하는 사람은 지극히 드물다고 했어요. 국장님 아직 건강하신데 더 부지런해야 해요."

"그런가 허세. 아무튼 고맙네. 나도 심기일전(心機一轉)해서 더 노력하고 책도 많이 읽어 약국 사업을 계속해 나가서 좀 더 젊은 마음으로 살아야겠네."

"그럼요. 계속 일 하셔야죠."

그렇게 수다를 한참 떨다가 집으로 돌아와 경제 TV를 본다. 전문가가 '제가 한명공조를 소개한 뒤 한 번도 안 오른 적이 없다'고 자랑하였다. 허세는 주식을 그만하려고 했지만 또 한명공조와 SPS반도체를 산다. 그리고 본격적인 학원 강사 생활을 하려고 했다. 그러나 고등부도 여의치가 않았다. 그래서 여기저기 학원을 알아본다. 그러다 초등부를 가르치려고 강남에 전화를 하나 그때가 겨

울이어서 강사를 뽑지 않는다는 말을 듣고 '가정 방문 교사 생활을 해야겠다'고 생각한다. 그러나 전부 여교사고 남자는 혼자인 것이 골치 아팠다. 그만둘까 생각하고 있는데 성태에게서 전화가 온다.

"허세야 요즘 장이 안 좋아. 다 주식 팔아."

안 그래도 골치 아픈데 전화가 오자 다 팔아 버린다. 그러나 시간이 지나자 한명공조는 엄청 오른다. 김 사장도 그렇고 장사기도 그렇고 성태도 그렇고 왜 자기 일들이나 잘하지 왜 허세에게 주식을 팔아라 말라 그러는가! 허세는 열을 받는다. 그렇게 주식에서 거의 처음으로 조금 잃고 주식을 판다. 방문 가정교사를 그만둔 뒤 이리저리 헤매고 다니다 다시 고등부의 뜻을 두고 대학 도서관에서 희수와 공부를 한다. 그런데 우연히 하미녹스를 컴퓨터에서 보게 된다. 22,300원에 거래되고 있었다. 너무 저평가되고 있자, 김도상 PB에게 전화를 한다.

"하미녹스 어떻게 된 게예요."

"최고치에 올라요."

주식에 들어가자, 22,500원에 산다. 그날 250원이 내린다. 좀 아까워 해지만 그다음 날부터 오르는데, 하루도 빠지지 않고 오른다. 김 사장에게도 사라고 했는데 "누가 최고치에 오른다고 했냐."

라며 말을 듣지 않았다. 하미녹스가 하루도 안 빠지고 오르는데 29,300원까지 오르자 허세는 목표주가를 보게 된다. 거의 목표주가까지 오르자 팔아 버린다. 그다음부터 내리기 시작한다. 또다시 오랜만에 짭짤한 수익을 낸다. 김 사장은 허세를 하미녹스의 대가라고 비꼰다. 주식을 그만두려고 몇 번 노력하지만 실천에 옮기지

장사기

못한다. 그런데 도서관에 갔다가 오랜만에 약국에 가자, 국장님이 전주 근처 완주에 요양병원을 설립했다고 했다. 모두 개업식 때 내려가야 된다고 했다. 병원은 사 층 규모의 디귿 자형을 이루고 있었는데 위용은 대단했다. 병원에 상주하는 의사도 여러 명 있고 식당도 있었다. 성태는 자기가 국장님의 아들이 되었어야 했다고 한탄을 한다. 국장님은 그런 성태가 귀여운지 '허허' 웃는다. 그때 장사기가

"김 사장 화환 큰 거 보냈네."

성태를 두고 하는 말이었다. 그런데 장사기는 5만 원 하는 조그만 것을 보냈다. 스타일 구겨지는 처세다. 그렇게 식당에서 밥을 먹고 서울로 올라온다. 그런데 국장님은 서울의 약국 때문에 병원의 운영을 직접 하는 것이 아니라 친척에게 맡기고 있었다. 술자리에서

"친척인 양수 믿을 수 있어요."

"믿을 수 있지."

촉감이 빠른 성태는 고개를 갸우뚱거린다. 그러다

"내가 돔 나이트를 안양에 하나 갖고 싶어요. 제주도에 있는데 겨울에 눈이 오면 돔이 열려요. 눈을 맞아 가며 춤을 추는 거예요."

"내가 돈을 더 벌면 수원에 하나 차려 줄게."

성태는 말만으로도 고마운지 히죽히죽 웃는다. 국장님과 성태는 그때부터 급속도로 가까워진다. 물론 국장님은 성태를 경계하지 않은 것은 아니지만 마음을 먹고 새롭게 사는 것을 대단하게 생각하고 있었다. 그 험한 조직생활에서 서울로 올라와서도 싸움을 계

속하며 인생을 살다가 이젠 진영이만 바라보며 키우니 말이다. 성태는 목포상고 중퇴로 큰 형은 운동권 출신의 광주의 국립대 법대 출신으로서 지금은 광주에서 사무관으로 일하는 공무원이라고 했다. 서울에 올라왔을 때의 성태의 명성을 약국 옆 횟집 사장님도 실제로 보진 못했지만 소문을 들었다고 했다. 성태는 175의 키에 깡말랐지만 큰 주먹을 가지고 있었으며 합기도가 삼단이었다. 장사기는 성태가 의리가 있어 좋다고 하지만 우리는 그 의리도 믿지를 못한다. 그렇지만 성태의 허세에 대한 사랑은 각별했다. 허세의 조직적으로 움직이는 두뇌며 순수한 마음을 성태는 아끼고 있었다. 물론 허세도 성태를 사랑하고 있었다. 고민이 있으면 당장 달려와 들어주고 문제가 생기면 조언을 해 주는 성태의 마음에 고마워하고 있었다. 장사기와 명소가 악어와 악어새듯이 허세와 성태도 그럴지도 모른다. 물론 비교론적 측면에서 그렇다는 것이지 꼭 그렇다는 것은 아니다. 다시 말하면 의리와 돈이 하모니적으로 뭉쳤다고 표현하고 싶다는 것이다. 그러던 어느 날 진영이가 킥보드를 타고 가다가 아줌마를 다치게 했다. 그 아줌마는 보통이 아니었다. 성태도 무서워하는 노량진에서 알아주는 골수 아줌마였다. 옛날 노량진 바에서 만난 적이 있었다. 그때가 장사기와 갔을 때였다. 칵테일을 먹고 있는데 옆자리에서 앉아 있다가 장사기를 보고 "따먹고 싶다."라고 하였다. 허세는 무슨 말인지 몰라 어리둥절했을 때였다. 그 아줌마가 바로 성태를 보고

"병원으로 가."

성태가 두려운 표정을 짓자

"돈 얼마 가지고 있어."

"30만 원 있는데요."

"다 조."

성태는 얼른 다 준다. 그리고 허세에게 전화를 한다.

"허세야 진영이가 사고를 쳐 지금 힘들어해 자유로 근처 통일 동산을 가자."

마침 시간도 있자 성태의 낡은 자가용을 가지고 간다. 진영이는 거기서 마음껏 스트레스를 푼다. 이놈이 물을 사달라고 하는데 편의점에서 프랑스물을 가지고 온다. 허세는 기가 차지만 빙그레 웃으며 사 준다. 또 엄마에게 전화를 한다며 동전을 달라 그래서 주자, 전화를 한다. 그때 허세는 갑자기 이상한 느낌을 받는다. '이혼한 엄마와 마음대로 전화할 정도로 연락이 가능할까.' 하는 생각이 든다. 아무튼 재미있게 지내고 서울로 다시 온다. 그런데 약국으로 가자 장사기가

"허세 뱃살 없게 하려고 하지, 옆집 헬스장으로 가."

헬스장을 둘러본 허세는 이 층에 있는 헬스장보다 샤워실이 잘 되어 있는 것을 보고 등록을 한다. 한 시간 정도 하고 집에 오자 피곤해서 잠이 왔다. 그 사실을 엄 관장이라는 사람에게 말하자 가볍게 하라며 지도를 해 준다. 여기서 엄 관장을 소개해 보기로 한다. 생긴 것은 도둑놈처럼 생겼는데 힘은 좋았다. 목이 좁고 굵으며 나이는 허세와 같았다. 힘이 좋은 것을 어떻게 알았냐 하면 허세와 씨름을 했는데 승부를 가를 수가 없었다. 엄 관장이 배지기를 들자 허세가 발을 종아리 되고 버텼는데 거기서 무승부가 났다. 매

트에서 위험도 하고 해서 허세가 적극적으로 공격을 안 한 것도 한 몫했다. 그렇게 엄 관장과도 친해지기 시작한다. 사실 처음 허세가 노량진에 왔을 때 의욕에 차 공부로 상당히 몸무게를 줄였다. 그러나 노량진 사람들과 어울리면서 몸무게는 또 늘었다. 박 감독도 허세가 처음에 공부를 열심히 하자 모르는 상태에서도 눈에 띄어 '고놈 열심히 하는구나.'라며 생각했다고 허세에게 나중에 말했다. 허세는 머리는 나쁘지만 집중력 하나만큼은 놀라웠다. 특히 외우는 것을 잘했다. 이과가 안 맞아 고전을 했지만 자꾸 과학서적을 읽으니 적성도 또 바뀌기 시작했다. 그즈음에 과학서적과 허세가 좋아하는 철학 서적을 구입해서 읽기 시작한다. 그런데 갑자기 성태에게서 전화가 왔다. 익산을 다시 내려가야 한다는 것이었다. 상황을 요약하면 장사기가 익산에서 혼자 술집에서 아가씨를 사귀었는데, 아가씨에게 돈 500만 원을 주었다고 한다. 물론 잠자리까지 했지만 아가씨가 계속 돈을 요구한 것이다. 아가씨가 서울까지도 올라왔다고 했다. 그 돈을 왜 주었냐고 허세가 묻자, 오빠가 감옥에 있어서 변호사비로 요구했다고 한다. 목돈을 진 뒤 자취를 감추어 버렸다고 했다. 그런 일은 성태가 잘 처리했다. 성태는 주소를 알아낸 뒤 허세, 성태, 장사기와 명소를 함께 가자고 했다. 주소 근처로 가서 집으로 가려고 하자, 명소는 차에 있겠다고 했다.

"우리 형님에게 사기를 쳐."

허세는 소리를 지르며 앞장선다. 그러나 문이 잠겨 있어 어떻게 할 수가 없었다. 성태는 꾀를 내었다. 술집 여자므로 세탁소를 많이 이용할 거라고 말했다. 그러나 세탁소 주인도 모른다고 했다.

장사기

할 수 없이 전부 서울로 올라온다. 그 뒤 이 여자도 우리가 자기 주소로 간 걸 눈치챘다. 다는 못 받고 200만 원만 받고 만다. 못난 장사기, 매일 일을 만들어 성태와 허세를 힘들게 했다. 아니면 일이 생기기 전에 물어봐야지, 혼자 저질러 놓고 특히 성태를 부르니 그 치다꺼리를 어떻게 다 하느냐 말이다. 성태도 그렇지 장사기가 무슨 의리 있는 놈이라고 그 뒤를 다 봐 주느냐 말이다. 성태도 알 수 없는 놈이었다. 그런데 국장님이 걱정되었다. 완주에 내려가 사업을 해야 되는데 약국에만 있으니 말이다. 성태가

"국장님 내려가세요."

"걱정 마, 양수는 도의원, 국회의원까지 생각하고 있어."

"그래요."

그러나 성태는 뭐가 못마땅한지 계속 고개를 젓는다. 국장님의 뜻이 확고하니 하는 수 없이 꼬리를 내린다. 그리고 천숙이 가게를 간다.

"느낌이 이상해."

"국장님이 알아서 하겠지. 근데 천숙이 누나는 은정이 누나와 무슨 얘기를 저렇게 해."

"몰라. 허세야 김 사장 불러내. 북창동 가자."

"늦은 시간인데."

"괜찮아."

허세는 전화를 한다. 김 사장은 전화를 받고 즉시 달려온다. 자초지종을 말하자, 가자고 말한다. 오랜만에 온 북창동은 금요일인지 인산인해(人山人海)였다.

# 일탈과 종교

# 아기 백치

아담과 하와가 에덴동산에서 놀듯이
나는 오늘 아기 백치가 되어 이 세상에서 가장 아름다운 시를 읽으며
에덴동산을 날고 싶다.

두 발 벌려 땅을 디디고
두 팔 벌려 하늘을 안고

그렇게 신에게 순종하며 보낼 인생을 자랑하고 싶다.
은혜의 말씀을 신에게 듣지 않아도
감사의 고백을 열심히 드리며
자유롭게, 아름답게
빚어진 그대로
저 하늘을 날고 싶다.

철모르게 노는
아기 백치처럼….

-타락은 한순간이고 그것을 깨닫기는 어렵다-
-신앙과 마약은 반비례한다-

"저희 클럽으로 오세요."

"아니, 저희 룸살롱으로요."

삐끼들이 서로 소리를 지른다. 허세가

"야이 새끼들아 조용하지 못해."

라며 소리를 지른다. 삐끼들은 택시를 막고 오라고 얘기한다. 김 사장은 처음 북창동을 처음 와서인지 신비스럽게 그 광경을 쳐다 본다. 초이스 클럽으로 내려가자 우 마담은 우리가 오는지를 예상 하지 못했는지 놀라는 표정을 짓는다.

"안녕하세요. 오랜만입니다. 허세와 김 사장님 모시고 왔습니다. 양주 좀 주세요."

"물론 드려야죠. 김 사장님 처음 뵙네요. 자주 보시죠."

"아, 물론 그래야죠. 우 마담이라 했던가. 아주 미인인데요. 키도 크시고."

"예 고맙습니다."

성태가 잠시 허세 귀에 속삭이며 나와 보라 그랬다.

"내가 보도 안 부르고 룸에 있는 여자를 김 사장에게 붙여 줄 거 니까 애들 걸레라고 그러면 안 된다."

"알았어. 대신 나는 보도 예쁜 여자를 불러 조."

"내가 허세의 수준을 모르는가."

보도들이 들어오자 허세는 한 여자를 예쁜 애로 초이스하고 김 사장은 혜숙이를 옆에 앉힌다. 뜨겁게 분위기가 달아오르자 우 마담도 섹시한 옷으로 갈아입고 분위기를 달군다. 끝에 가자 혜숙이가 옷을 다 벗는다. 김 사장은 풍부한 유방을 앞세우는 혜숙이의 것을 만지며 좋아한다. 그렇게 시간을 보내며 다시 노량진으로 돌아온다. 김 사장의 아파트 입구에서

"거기 재미있더라."

"재미있다고 그랬잖아요."

"며칠 쉬었다가 다시 가 보자."

"좋아요."

1주일 있다가 금요일 날 다시 택시를 타고 북창동을 간다. 이번에는 성태 몰래 간다. 우 마담은 너무 반기며 김 사장을 모신다. 허세가 그 광경을 보자 김 사장을 봉으로 보고 있는 것 같았다. 그렇게 시간을 보내고 노량진으로 오자, 김 사장이 갑자기

"허세야, 우리 이제 북창동에 가지 말자."

"왜요."

"나는 돈 쓰는 것이 아까워."

허세도 고개를 끄덕이며 가지 말자고 한다. '아니, 돈 쓰는 것 안 아까워하는 사람이 어디 있어. 생활하다 보면 쓰게 되고 또 아껴 쓸데도 있는 거지.'라 생각한다. 김 사장과 밤에 그렇게 헤어지고 머리가 아파 좀처럼 잠을 이루지 못하다가 겨우 잠을 잔다. 그리고 아침에 일어나 핸드폰을 만지니 이 사장에게서 낮 두 시에 노량진

에서 만나자고 문자가 와 있었다. 허세가 전화를 해 삼거리에서 만나 커피숍을 간다.

"김 사장 말이야 요즘 주식을 해 돈 많이 잃었을 거야."

"어떻게 알아요."

"주식을 할 줄 몰라. 내 말을 들어야 말이지. 지금 돈을 잃어 부인과의 사이도 많이 안 좋을 거야."

"수원에 땅이 그래 많은데요."

"자세한 얘기는 나중에 해 줄게."

"나는 6시간 자고 공부해 30~40%로 수익 냈잖아요."

"니는 물론 그랬지. 쌍카차에서 많이 벌었지."

"이제 주식 얘기 그만해요. 머리 아파요. 이제 주식 안 하는 데 뭐."

"우리 부동산 투자하자. 부동산이 얼마나 재미있는 줄 아냐."

"부동산이라."

"가평 이런 데 땅 사면 때 돈 벌어."

"너무 늦었지 않나요."

"글쎄."

그때 성태가 나타난다.

"무슨 얘기해."

"부동산 투자 얘기하고 있어."

"부동산 투자 잘못하면 손해가 많아."

"이 사장이 전문가야."

"허세, 화제가 좀 바뀌어서 미안한데. 명소 그 새끼 좀 때려. 내가 옆에 서 있어 줄 게."

136                                                    장사기

"그러다 돈 물어 주어야 돼."

"성태, 왜 그러나. 왜 사람을 때리라 그래."

"그 새끼를 보면 열 받아서 그래요. 하는 짓 보면 양아치 같아 서요. 매일 얻어먹고 다니고 저는 그놈 자체가 싫어요. 초이스 클럽에서도 돈을 안 내고 얻어먹잖아요."

"형, 우리가 좀 참자."

"안 돼, 내가 손을 좀 봐야 돼."

"큰일 나, 돈 물어 조야 돼. 이 바보야."

"참아야겠다. 김 사장이 안 보인다."

이 사장이

"주식 하느라 바쁘겠지."

"약국으로 가자."

고 허세가 진두지휘(陣頭指揮)한다. 약국으로 가자, 장이 끝나서인지 김 사장이 있었다. 김 사장의 얼굴은 창백해져 있었다. 또 돈을 주식 해서 잃은 얼굴이었다. 김 사장은 요즘 돈을 잃어서인지 영양제를 장사기에게서 사고 있었다. 아니, 눈이 나빠 신문을 읽을 수 없는데 왜 주식을 하는가? 허세처럼 6시간 자고 공부를 해야 벌지, 그렇게 노력도 안 하면서 TV만 보고 주식이 되는가? 그렇다면 허세처럼 순발력이라도 있던가! 참을 땐 참아야 되는데 말이다. 허세가 좀 가르쳐 주려고 하면 화내니, 자기가 주식을 제일 잘하는 것처럼 말하고 이 증권회사 저 증권회사 옮겨 다니고 한 마디로 각주구검(刻舟求劍)이었다. 최고의 결과는 최고의 노력이 있어야 하고 최고의 노력은 최고의 정보가 뒤 바침 되어야 한다. 동기도 중요하지만 결과는 더 중요하다. 결과를 못 내고 있는 상황에서 아무리 몸부림쳐 봐야 무슨 소용이 있는가! 빨리 주식을 접어야 하는데 본전 생각에 헤매고 있었다. 허세가

"얼굴이 왜 이리 창백해요."

"너 또 왜 이래. 나 돈 안 잃어."

"누가 무슨 말 했어요."

"북창동 가요."

"그래 가자. 기분도 우울하다."

이 사장은 끝내 안 간다고 한다. 허세는 장사기, 김 사장과 성태를 데리고 초이스 클럽으로 간다. 택시 안에서

"왜 이 사장님은 안 갈려고 하죠."

김 사장이

"얻어먹는 것이 미안해서 그렇지. 야, 성태야 이번에는 보도들 불러라. 룸에 있는 애들은 걸레 같다."

도착해서 보도들을 부른다. 이번에는 김 사장이 제일 먼저 초이스하기로 한다. 예쁜 여자들이 도착하자 김 사장은 멀리서 안 보이니까 가까이 가서 안경을 벗고 고개와 눈을 이리저리 흔들며 이리저리 살핀다. 허세는 찍어 둔 예쁜 여자를 건드릴까 봐 노심초사(勞心焦思)하고 있었다. 그런데 김 사장이 제일 못생긴 여자를 찍는다. 결국 제일 예쁜 여자는 허세가 초이스한다. 그렇게 재미있게 놀고 노량진으로 온다. 허세와 김 사장 둘이 허세 집 근처에서

"룸에 있는 애들 걸레인지 어떻게 알았어요. 조금 겪어 보면 알지."

장사기

"걔들 걸레예요."

"안 간다고 그러고 우리 또 간다."

"글쎄요. 왜 그러죠."

여기서 우리는 생각해 봐야 될 것이 있다. 걸레면 다 걸레 지 깨끗한 걸레가 있고 더러운 걸레가 있는가! 하여튼 허세와 김 사장은 외골수들이었다. 헤어지고, 그다음 날 밤이었다. 성태에게서 전화가 왔다.

"허세 나 일이 있어서 그런데 사실은 친구 아버지 장례식장에 가야 되는데, 허세 집에 좀 갈게."

"좋아 와."

장사기는 다 일을 알고 있었다. 같이 둘이서 왔다. 블랙으로 양복을 입은 성태는 과연 조직폭력배 냄새가 났다. 그러고는

"사실 내가 많이 얻어먹었지. 오늘 사당동 나이트클럽에 가서 쏠게."

그리고 블랙 청바지로 갈아입는다. 뮤직에 맞추어 술을 먹다가, 갑자기 허세의 예리한 눈초리는 중후한 삼십 대 중반의 여자에게로 시선이 간다. 가만있을 허세가 아니었다. 당장 가서

"여인이여 춤 한번 부탁해도 될까요."

"좋아요."

서로는 막춤으로 끌어안고 누가 먼저일 것 없이 서로를 스킨십한다. 때론 뮤직에 맞춰 이리 저리로 스텝을 밟으며…. 그러다 서로는 눈빛을 교환한다. 그윽한 눈빛으로 서로를 탐닉한다. 예리한 그들의 블루스 댄스는 허세를 오랜만에 황홀케 했다. 술집 접대부

에게는 느껴보지 못한 풋풋한 감수성이었다. 그렇게 조용히 보내줄 허세가 아니었다. 춤을 추다가 갑자기 팔꿈치로 여인의 가슴을 스치듯 친다. 여인은 흐느낀다. 그때 호르몬 냄새를 맡은 허세는 자신감을 가지고 여인의 귀 볼을 살짝 손으로 만지며 세게 끌어안는다. 여인은 몸을 전체 맡기며 한 시간 정도 허세와 춤을 춘다. 그동안 영화에서 많이 본 걸 써먹어 보았다. 부담이 되었는지 여자가 올 손님이 온다고 시간이 되었다고 그만 추자고 하자, 매너 하나 좋은 허세는 정중히 물러난다. 자리로 돌아오자, 장사기가

"너 언제 배웠어. 그 여자를 데리고 놀더라."

장사기와 성태는 계속해서 술을 먹으며 허세가 여인과 춤을 추는 것을 지켜보고 있었다. 성태가

"이 새끼 고단수가 되었어. 그 여자 황홀해하더라. 너 춤 못 추는데."

"필을 받았지."

"이게 동안 이어서 여자들이 귀엽게 생각하나 봐. 영화에서 배워도 저렇게 못 춰. 필을 받아서 그래. 니 오늘 본전 뽑았다."

"본전이 아니고 수십 전 뽑았지. 그 여자 중후하게 생겨 가지고…. 내가 리드하는 대로 다 따라와. 나 오늘 좋은 필받았어."

"나도 말이야. 약을 팔 때 필을 받는 날이 있지. 요건 팔겠다. 요건 못 팔겠다. 하는 필이 있지."

"나도 말이야 싸움을 할 때. 필이 있지. 이 싸움은 이기겠다. 지겠다 하는 필. 지는 필은 피해."

세 명이서 동시에

"그럼 우리는 필 필 필로 통하는 삼총사일세."

서로가 필 타령을 하다가 시간이 새벽 두 시가 되었다. 택시를 타고 오는데 성태가 150만 원을 썼다고 했다. 허세가

"그렇게 많이 나와."

"그 정도는 나왔을 거야."

라며 장사기가 말했다. 오랜만에 성태가 돈을 쓰자, 허세는 양에 안 차지만 그래도 성태를 귀엽게 바라본다. 그리고는 집에 와 잠을 잔다. 잠자리가 어수선하였다. 그렇게 뒤척이다가 점심쯤 성태에게서 전화가 왔다.

"허세야, 구봉이 오늘 죽었다."

"구봉이가 왜 죽어."

"천식으로 죽었어."

갑자기 장 약사가 약을 구봉이 형에게 가져다주곤 했다는 -자동차 안에서 갑자기 천식이 발생했을 때- 말이 생각났다.

"허세, 반성 좀 해야 돼."

"내가 왜."

"때렸지."

"그거 때렸다고 죽어."

"아무튼 근신 좀 해. 충격이 좀 있지. 돈만 좀 있으면 장례식에 가는데…."

장 약사는 구봉이가 약국에 약을 많이 샀다고 장례식에 간다고 그랬다. 허세는 갈려고 하다가 장례식에 구봉이 귀신 붙어 올까 봐 겁나서 가지 말자고 결심한다. 그렇게 무사히 구봉이의 장례식은

치러지고 노량진엔 봄바람이 불었다. 그런데 참 웃기는 일이 벌어졌다. 구봉이 마누라가 장례식이 있은 지 이틀도 안 되어서 가게 문을 열었다. 사람들은 욕을 하였다. 그래도 그렇지 일주일은 문을 닫아야 죽은 사람의 예의라고 하였다. 그것만이 아니었다. 다른 남자들과 다니고 상가에 와서 손톱 매니큐어를 손질했다. 그즈음에 김 사장과 허세가 바를 갔다. 허세는 맥주를 좀 마시고 같이 가자고 김 사장에게 말하자, 좀 더 양주를 마시고 간다고 그랬다. 허세는 먼저 나왔다. 한 시간 반 정도 지나자 김 사장이 술이 취해 나왔다. 허세는 벌써 술집 분위기를 파악해서 나왔기 때문에 무슨 일이 있었는지 대충 짐작하고 있었다.

"이년이 자기 앞에서 양주를 마시고 있는데 책만 보고 한 번도 말을 안 걸고 있질 뭐 야. 허세야 같이 가자."

술에 취해서 인지 장사기에게 말을 안 놓던 김 사장도

"수월이 너도 같이 가."

허세는 구봉이 가게에 갔다 간 구봉이 귀신 붙을 것 같아서, 천기(天氣)를 보고

"안 되겠다. 신림동-사실 신림동은 최근에 뚫은 장소로 나이가 허세와 나이가 같은 병팔이가 운영하는 장소인데, 여러 군데 리모델링한 곳이다-으로 가자."

신림동으로 가자. 미리 전화를 하고 가서인지, 양주와 안주가 차려져 있었다. 그런데 성태와 장사기가 얘기하더니, 그냥 노량진으로 가자고 했다. 결제는 허세와 김 사장이 반반 내는 거로 하고 일단 허세가 결제한다. 그리고 노량진으로 돌아온다. 그다음 날 허세

장사기

가 결제한 돈 중에서 김 사장에게 반을 받아야 하는데 김 사장이 돈을 찾아서 준 돈을 세어 보니 많이 모자랐다. 따지자 다시 돈을 ATM기에서 찾아서 주었다. 김 사장의 얍삽한 술수였다. 돈을 세지 않았을 거라 생각했던 것이다. 참 어이없는 일이었다. 그러고 나서 저녁이 되자 허세는 구봉이 마누라를 기 좀 꺾을 양 오기로 바에 간다. 바에 들어가자마자 반 농담조로

"요즘 남자 사귄 다면서요."

"누가 그래요."

"소문이 다 났어요."

"술 안 팔아요."

한마디 듣고 나온다. 그리고 참 재밌는 일이 발생한다. 그 바가 주인이 바뀌어 버린다. 구봉이 마누라가 알바하던 여자에게 싸게 팔아 버린다. 창피해서 노량진을 떠난 것이었다. 이 부분은 허세가 책임을 져야 한다. 아무리 그래도 남편 잃은 여자에게 그런 말을 하면 어떻게 되는가! 사는 걸 양반걸음 식으로 살고 도무지 개념이라 곤 아무것도 없으니 어떻게 설명을 할 수가 없었다. 하고 싶은 말 다 하고 먹고 싶은 음식 다 먹는 방법으로 사니 참 이상한 놈이었다. 그런데, 사실 장사기가 몇 번씩이나 허세에게 바를 사라고 권유했다. 장사기는 자본주의 사회에서 돈만 많이 벌면 되지 그런 것이 무슨 소용 있냐며 말했다. 역시 장사기 다운 말이었다. 돈만 벌면 되지 수단 방법을 가리지 않는 장사기. 문란한 사생활을 가진 허세, 아직도 철이 덜 들어 주먹을 자랑하는 성태, 다 똑같은 놈들이었다. 가증스러운 것들. 하늘 모르고 더러운 짓을 하고 있었

다. 노량진이 그렇게 어두워지고 있을 때 허세는 흔들리고 있었다. 집안의 꽃병도 흔들리고 있었다. 그림들은 어지럽게 돌아가고 있었고 침대도 불쑥 내려앉는 것 같은 느낌을 받는다. 신이 두려웠다. 그 흔한 신이라고 사람들이 외치지만 허세에게 있어서는 절대자와 다름이 없었다. 그런데 왜 허세는 정신을 못 차리는가? 그것은 그의 마지막 발악과 같았다. 매일 용서해 달라며 매달리지만 또 문란한 생활을 하고 절대자를 따르지 않는 이중적인 생활을 하였다. 왜 그의 모든 것을 걸고 무릎을 꿇고 항변하지 않는가? 왜 노량진을 떠나지 않는가? 그 부분은 허세에게 있어서 영원한 숙제였다. 그즈음에 박 감독은 세 명의 돌아가는 꼬라지를 예이 주시하면서 망할 거라고 속으로 생각하고 있었다. 그런데 어느 날 허세가 박 감독과 마주쳤을 때

"요즘은 어디 룸살롱 가."

"이 노인네가 죽으려고 환장했나."

"나는 다 알지롱."

"말 잘못 하면 한칼에 가."

"나도 젊을 때는 잘 놀았다."

"어떻게 잘 놀았는데."

"춤추러 많이 다녔제. 여자들이 춤 못 추면 '더 배우고 오소.' 하고 다른 여자하고 추고, 재미있게 춤추며 놀았제."

"요즘도 춤추러 다녀."

"요즘은 가끔."

"할머니가 알아요."

장사기

"몰라. 알면 큰일 나제."

"어휴, 능구렁이! 밤이나 만 원어치 조요."

"나도 노상 이제 그만두고 가게 차린다."

"돈 있어."

"삼거리에 가게 났어. 가게에서 물건 차려 놓고 오붓하게, 멋지게 살련다."

"그러면 뭐해. 매일 더운 날에도 상도동 고개까지 마늘 끌고 다녀야 하는데. 근육은 늙어도 좋아."

"힘은 좋제. 장사기는 내인데 안 된다. 허세는 젊고 빠르니깐 모르고. 구봉이도 때렸다며."

"그걸 어떻게 알아."

"다 소문 들었제."

그래도 박 감독의 참기름, 곶감, 밤 등등은 고급 국산으로 근처 부자인 아파트 주민들이 비싸도 즐겨 찾았다, 나중에 알았지만 그 가게가 난 것도 아파트 주민이 가르쳐 주었다고 박 감독이 말했다. 박 감독의 가게가 그렇게 번창 되어 가며 위세도 점점 세어지고 있자, 장사기는 질투를 하기 시작한다. 원래 장사기와 박 감독은 체질상 맞지 않는 적수였다. 박 감독은 전라도 사람들을 무척 싫어했는데 그중의 한 명이 장사기였다. 그러나 국장님과는 연배도 비슷하고 국장님이 인격이 있고 물건도 많이 사 주니 깐 더불어 사귀는 사이, 다시 말하면 우정의 친구였다. 그러게 대비되는 둘과의 사이를 박 감독은 은근히 교묘히 줄을 늘었다 낳다 하였다. 하루는 호프집에서 술을 먹고 있는데 이 사장이

"박 감독, 그놈 무서운 놈이야."

"왜요."

"장 약사가 노량진에 나타나기 전까지는 노량진 여자들은 다 자기 꺼라 생각했는데, 장 약사가 나타나자 노량진 여자들이 장 약사 꺼가 되니깐 장 약사에게 질투를 하는 거야."

성태가

"맞아, 맞아 그 새끼 무서운 놈이야."

허세가

"그게 말이 되는 소리예요. 무슨 아줌마가 내 꺼가 있고 니 꺼가 있어요."

성태가

"야 임마, 알게 모르게 다 그런 게 있어. 짐승도 우두머리들이 싸움하다가 지면 암컷들을 다 빼앗겨."

"진짜 그런가? 여기가 짐승 세계는 아닌데. 아줌마들을 대상으로 왜 싸움을 하지."

"노인들이 아줌마들을 얼마나 좋아하는질 넌 아냐."

"난 몰랐네."

"그러니깐 넌 더 배워야 돼."

그렇게 박 감독과 장사기의 아줌마 앙탈 작전은 시작되고 있었다. 그 누구의 승리로 끝날지는 알 수 없지만 허세는 그 전쟁을 즐기고 있었다. 하루는 허세와 성태가 박 감독 가게로 내려가고 있는데, 해병대 -사실 박 감독은 해병대 출신으로 노량진 일대 치안을 담당하고 있었다- 옷을 입고 있던 박 감독은 전기 충격기를 보여

주며 은근히 성태에게 위협을 가한다. 성태는 같잖아서

"날 겁줘. 지져 봐, 지져 봐."

하며 전기 충격기를 빼앗으려 하자 박 감독은 재빨리 숨기며 안 뺏기려고 애를 쓴다. 둘이 옥신각신하다가 겨우 박 감독이 전기 충격기를 웅크린 채 차지한다.

"한 번만 전기 충격기 내 앞에서 보이면 알지!"

박 감독은 비 맞은 생쥐처럼 아무 말도 못 하고 끙끙대며 겁을 먹은 표정을 짓는다. 둘의 노는 꼴을 보자 허세는 성태의 승리를 들어준다. 쟤 아무리 박 감독이라 해도 -총을 들었어도- 성태는 못 이긴다. 성태의 빠르고 큰 주먹은 가히 놀랄 만하였다. 그러나 성태는 허세를 항상 경계했다. 순진하고 세상 모르던 허세가 성태의 싸움을 배우며 나날이 성장했기 때문이다. 허세의 빠르고 젊은 패기를 약간 두려워했다. 순간적인 힘으로 잽싸게 밀어붙이면 그 누구도 당해 내지 못할 패기가 있음을 성태는 예전부터 알고 있었다. 그러나 장기전으로만 가면 성태의 승리가 될 거라고 사람들은 평가했다. 그러면 여기서 우리는 집중해야 된다. 당하고만 있을 허세가 아니다. 산에서 가다듬은 깡, 산을 타고 내렸던 빠른 스피드, 조직적으로 움직이는 두뇌를 바탕으로 한 싸움 기술, 하다 안 되면 맥주병, 칼, 총까지 가지고 움직이는 배짱. 그것을 성태는 알고 있었고 두려워했던 것이다. 그것은 허세를 겪어 본 -허세의 지식과 싸움 기술이 교묘히 결합된- 성태만이 아는 본능이었다. 그 즘에 허세는 노량진 생활이 지겹기 시작했다. '학원 강사는 조금 있다가 해도 된다'는 생각이 들어 돌파구를 찾다가 '성경책에 몰두하자'는 생각이 들어, 본격적으로 읽기 시작한다. 물론 「요한복음」부터 읽으라는 권유에 그렇게 읽었다. 처음에 읽는 「로마서」는 초짜인 허세에게 너무 어려웠다. 그렇게 『신약』부터 읽기 시작한다. 약국에 가서 서 약사에게

"「로마서」[01], 너무 어려워요."

"허세 씨, 어려운 부분은 넘어가면서 읽어요."

먼저 성경 공부를 스터디로 한 서 약사는 의미심장한 충고를 하였다.

서 약사의 충고대로 『신약』을 빨리 독파하고 『구약』을 읽으려고 하는데, 『구약』의 아웃라인을 잡기가 힘들어 『구속사로 본 파노라마 구약 성경』을 사서 읽기 시작한다. 약국으로 그 책을 가지고 가면서 읽자, 그것을 본 장사기가

"허세, 또 성경책 읽는다."

"이 세계에서 가장 베스트셀러는 성경책이야. 하나님을 아는 지식이 제일 고상한 지식이야."

"누가 그래."

"성경책에 나와."

"그래."

"그건 그렇고 오늘 북창동으로 가자."

"좋아."

거의 모든 멤버가 초이스 클럽에 도착해 양주와 맥주를 마시며

---

01 『신약』의 한 장으로 바울이 썼다

기다리고 있는데 다섯 명의 어설픈 아가씨들이 들어왔다.

허세는 우 마담을 부른다.

"내 수준을 몰라. 이게 뭐 야."

"예. 알겠습니다. 허세 씨. 받들어 모시겠습니다."

20분이 지나자, 모델들을 불렀다. 일곱 명의 아가씨인 모델들이 들어왔다. 클라우디아 쉬퍼급 모델들이었다. 그중 가장 키가 크고 멋있는 클라우디아 쉬퍼 비스무리 최고의 볼륨을 자랑하는 모델을 허세가 제일 먼저 초이스한다.

여러 명이서 재미있게 북창동에서 놀고 택시를 타고 오는데 장 약사가 자기 집에 가서 자자고 말하였다. 집에 도착해서

"이 방은 얼마야."

"5,000만 원."

그 당시 허세가 있는 고급 원룸이 5,000만 원이었다. 나중에 알았지만 돈이 없어서 월세로 살고 있었다. 월세 사는 것이 창피해서였다. 장사기는 그렇게 거짓말을 잘하는 사람이었다. 몇 번 전에 장사기 방에 와서 잠을 잦는데, 원불교 승려 사진이 없었다. 그런데 이번에는 사진을 자랑하며 그 승려가 세상에서 가장 아름다운 얼굴을 가진 사람이라며 자랑을 하였다. 그렇게 잠을 자는데, 허세가 갑자기 뒷골이 댕겨서 잠을 잘 수가 없었다. 그 사진 때문이었다. 전에 잘 때는 잠을 잘 잤다. 그만, 허세는 일어나 허세의 원룸에 와서 편안히 잠을 잤다. 그런 현상을 어떻게 이해해야 되는질 허세는 알 수 없었다. 정말 존재하는 징후인질, 착각은 아닌 걸까? 생각해 보았다. 그런 이후로 장사기 집은 다시 안 갔다. 그런 일이

있은 후 장사기를 경계하며 약국을 갔다. 서 약사와는 성경책 얘기를 하며 더욱더 친해졌다. 그런데, 어느 날 서 약사는 딸을 지하 죽집 식당에 자주 데리고 왔는데

"제가 유치원에 좀 늦게 데리러 갔어요. 그런데 딸이 '왜 늦게 왔어, 다른 애들은 다 집에 갔어.'라며 생떼를 부리는 것이에요. 그래서 제가 '너 택배에 보내 강물에 띄워 보낸다.'라고 그러니 '엄마, 제가 잘못 했어요.' 그러는 것이에요. 얼마나 속이 상한지요."

"그래도 그렇지, 너무 심한 말을 어린 애에게 말했네요."

"그렇게 교육시켜야지, 아니면 애 버릇 나빠져요."

역시 서 약사다운 냉철한 교육 방법이었다. 다시 말하지만, 서 약사는 인정이 많고 빈틈이 없는 현숙한 여인이었다. 그런데 서 약사의 허세에게 하는 인사 각도가 달라졌다. 성경책을 읽으면서 허세의 얼굴이 깨끗해져서인지 공손하게 인사하였다. 처음에 만났을 때는 공손하게 인사하더니 허세가 점점 타락해서인지 얼굴이 안 좋아지자, 인사를 안 할 때도 있고 고개만 까닥할 때도 있었다. 여기서 얼굴에 대해서 한마디 하겠다. 옛날 선비들이 학문을 수양하기 위해서 책을 읽었다고 사람들은 알고 있는데 -물론 그렇기도 하지만- 그보다도 자신을 가꾸기 위해 책을 읽었다. 책을 많이 읽으면 이목구비(耳目口鼻)가 뚜렷해지며, 얼굴 피부에서 빛이 나온다. 산책을 할 때도 걸음걸이의 자세가 바뀐다. 멋지게 모든 모양이 바뀐다. 이것을 좀 공부를 한 학자들은 안다. 꼭 교수여야 학자가 아니다. 학자 정신을 가지고 열심히 노력하며 연구하면 학자다 -농사를 지어도 그 만의 특유의 생각과 노력을 하여 돈을 벌고 또

장사기

책을 쓰고 그러면 그는 대학 교수다- 누구든지 자기만의 생각과 노력으로 돈을 벌고 또 노력하면 그는 군자이다. 그 즈음해서 이 사장과 함께 영등포에 있는 자악관을 가기 시작한다. 중년 나이트로 허세 나이와는 맞지 않았다. 그러나 에어컨이 시원해서 여름 보내기에는 좋았다. 물론 비용은 허세가 다 내었다. 아저씨와 아줌마들이 춤을 추며 놀고 있었다. 며칠 가다가 이번에는 김 사장도 같이 가게 되었다. 맥주 한 잔을 먹고 있는데, 멀리서 고혹적인 여자가 보였다. 김 마담에게 물으니 초희라는 여자였다. 당장 불렀다. 초희는 흥분된 표정으로 다가와서 앉았다. 허세가 딥 키스를 하려고 하자 받아 주었다. 딥 키스를 끝내고 있는데, 김 사장이

"허세, 소원 풀었다."

허세는 좋아서 씩씩 웃으며, 어쩔 줄 몰라 했다.

"나는 현찰로 10만 원이야."

원래 여자를 부를 때 8만 원인데, 자기는 현찰로 10만 원이라는 거였다. 초희에게 첫눈에 빠진 허세는 돈이 문제가 아니었다.

"알았어, 알았어."

초희도 두 살이나 어린 허세가 싫지만은 않았다. 그 뒤로 허세는 매일 자악관에 출근을 한다. 그런데 하루는 초희가 전화번호를 달라고 했다. 손님 없을 때 허세를 부르려고 한 모양이었다. 그러나 허세는 자기 번호가 술집 여자에게 가는 것을 용납할 수는 없었다. 그런데 중요한 것은 허세가 춤을 출 줄 모르는 것이었다. 그냥 초희를 안고 추었다. 초희는 다른 사람과 춤을 출 때도 허세에게 눈짓을 보내거나 맛있는 곶감도 자리로 와서 주곤 했다. 그렇게 점점

정이 싹트기 시작했다. 그런데 성태도 같이 가자고 했다. 자악관에
가서 나머지 사람들도 다 불렀다. 둘이서 술을 먹고 있는데 도착한
사람들이 성태를 보고 다 도망갔다. 양주값을 낼까 봐 두려워서 간
것이다. 성태가

"다 가라 그래. 다 가. 씨팔 새끼들."

그렇게 둘이서 마시고 있는데 초희가 도착하자, 성태가 깜짝 놀
란 표정을 지었다. 한 참 응시하더니

"초희, 소문대로 진짜 예쁘다."

초희는 약간 겁먹은 표정을 지으며, 아무 말을 안 한 채 앉아 있
었다. 자악관에는 성태 똘마니도 많이 있었다. 그리고 상무와 전무
도 다 알고 있었다.

"허세, 나 지금 돈이 없는데, 외상 달아 놓을 테니 마음껏 먹어."

초희도 그 말을 듣고, 성태보고 오빠라고 불렀다. 성태가 한 살
많았다. 그런데 중요한 것은 초희도 여의도에 큰 교회를 다닌다고
했다.

"교회 다니는데 이런 데서 일해도 돼."

"직업에 귀천이 어디 있어."

"하긴 그러 내."

그리고 집으로 둘이 돌아온다. 그다음 날 이 사장에게 전화를 걸어

"왜 어제 그냥 다 도망갔어요."

"너도 성태 그놈을 다 알고 있지. 또 술값 내게 할지 어떻게 아냐."

"어제 자기 이름으로 외상 달던데."

"웬일. 초희 불렀냐."

"불렀죠."

"초희비는 누가 냈냐."

"내가."

"그놈이 그렇다니까."

"술 사는데, 아가씨 비는 내가 내야지."

"넌 양주 못 먹는데."

"맥주만 마셨지."

그렇게 통화를 끝내고 약국으로 가자, 장사기가 서 약사에게 어제 있었던 일을 말하고, 요즘 초희 보러 자악관에 간다고 일러 주었다. 허세를 보고 서 약사는 실망한 시선으로 쏘아보았다. 허세는 잘못을 해서 인지 아무 소리도 못 하고 멍한 눈으로 시선을 밑으로 내린다.

"요즘 만나는 술집 아가씨가 예쁘나 봐요."

허세는 놀란 표정을 지으며

"예, 예."

말을 얼버무린다.

"아가씨를 앉혀 놓고 술을 먹는다. 좋은 현상이네요."

비꼬아서 하는 말이었다. 그때부터 허세를 무시하기 시작한다. '약한 자여, 너는 여자들의 밥이니.' 이런 생각이 허세에게 들었다. 그때부터 서 약사와는 조금씩 사이가 멀어지기 시작한다. 그래서 성경책 얘기도 하지 않게 된다. 성경 지식을 노량진에 있는 담임 목사의 설교에 의존하게 된다. 허세는 명설교를 듣고 집에 와 낮잠을 잔다. 한 참 오수(午睡)를 즐기고 나서 약국으로 가니 사람들이 모두 다 모여 있었다. 자악관을 가자고 해서 그리로 간다. 초희랑 재미있게 놀고 밖으로 나온다. 초희를 만난 이후 허세는 얼굴은 좋아지나, 배가 많이 나오게 된다. 술배였다. 그런데 소문에 구로구에 애마존이라는 좋은 나이트가 있다고 해서 그리로 간다. 조그만 나이트였다. 스탠드바처럼 악기를 연주하는 사람이 있고 춤을 출 수 있는 공간이 조금 있었다. 허세는 뒤질세라 앞으로 나가 막춤을 춘다. 그걸 본 김 사장은 우스워서 죽겠다고 배꼽을 잡는다. 한 참 추고 나니 배가 고파 참치 회를 먹으러 간다. 참치 회를 계속 먹으려고 팁을 주니 실장이 받지 않는다. 왜냐면 허세보고 '쉬지 않고 먹는 사람', 김 사장보고 '끝까지 먹는 사람'이라며 놀라워했다. 팁보다 더 먹으니, 받지 않은 것이다. 그 이후로 계속 애마존을 가는데 하루는 아줌마들이랑 같이 어울리게 되었다. 그런데 김 사장이 허세가 나이가 어리다고 집에 가라고 하자, 허세는 삐져서 간다. 허세는 상당히 기분이 나빴다. 2주 있다가 애마존에 갔는데 또 집에 가라고 했다. 허세는 또 기분이 나빠 나와서, 다른 아줌마와 옆에 있는 나이트를 간다. 조금 있다, 김 사장이 그리로 온다. 허세는 당장 맥주병을 들고

"이 씨팔 새끼야, 여기 왜 왔어."

"내 발 가지고 내가 왜 여기 못 와."

"니가 내 보고 집에 가라고 말하니 새끼야."

허세가 맥주병을 가지고 때리려고 그러자 사람들이 싸움을 말렸다. 한참 옥신각신하다가, 계단으로 가게 되었다. 계단 밑에 있던 허세는 김 사장이 집으로 간 줄 알았다. 그런데 김 사장 목소리가

들리자

"아직도 안 갔어."

하며 명소 팔 밑으로 빠져 계단 위로 올라가려고 하자, 명소가

"엄청 빠르다. 빨리 잡아."

이 사장은 김 사장을 데리고 편의점 파라솔로 가서

"집에 가라고 두 번씩이나 말하면 어떡해요."

"경찰에 신고해."

허세는 장사기가 끌고 가서

"김 사장에게 사과해. 오늘 개 쪽 당했어. 사과하면 니가 이기는 거야."

"사과 못 해."

"사과하면 이기는 거라니까."

그리고 집으로 돌아온다. 새벽에 교회를 갔다 와서 잠을 청하나 잠이 오질 않았다. 오전 열한 시 즘에 김 사장에게서 전화가 왔다.

"허세야, 나 김 사장이야. 삼거리로 와라."

"예."

삼거리로 가자

"너도 새벽에 한잠도 못 잘 거야. 나도 못 잤어."

이런저런 얘기를 하면서 잘못은 허세에게 있다는 것이었다. 허세는 김 사장에게 사과를 하며 비싼 음료수를 사 주며, 앞으로 잘 지내자고 한다. 사과를 받은 김 사장은 아파트로 간다. 김 사장은 집으로 가 이 사장에게 전화를 한다.

"허세에게 사과받았어."

"꼭 사과를 받아야 해요."

"그래도 사과를 받아야지."

그다음 날이 되도 김 사장에게 전화가 오질 않자, 약국 뒷문에서 전화를 한다.

"약국으로 놀러 좀 오세요."

"알았어."

이 사장과 함께 있는데, 김 사장이 온다.

"자네가 한 행동은 용기가 아니야. 그것은 만용이야. 만용."

"그래요."

허세는 앞으로는 사이가 좋게 하려고 고개를 계속 끄덕인다. 그러면서 근처에 가서 저녁을 먹자고 한다. 물론 허세가 사는 것이었다. 그다음부터는 사이가 옛날처럼 좋아진다. 그 며칠 뒤 애마존에 가기로 했다. 같이 맥주를 마시고 있는데. 김 사장이 보이질 않았다. 이상한 느낌을 받은 이 사장이 나가 보니 김 사장이 혼자서 참치 회를 먹고 있다고 했다. 명소가

"그게 넘어가."

허세가

"자악관으로 가자."

택시를 타고 자악관으로 가서 놀다가 잠깐 밖으로 나오는데, 김 사장을 만났다.

"전부 허세, 꼬봉이야."

허세가

"어떡해 여기로 우리가 온 질 알았어요."

"다 알 수가 있지."

나중에 알았지만, 약국에 있는 장사기에게 전화해 안 것이었다. 그렇게 보자 자악관 앞에서 담배를 안 피울 수가 없었다. 허세가 이때쯤부터 담배를 한 개씩 얻어 피웠다. 담배를 피우고 택시를 타고 다시 약국으로 왔다. 그런데 명소가 약국 앞에서 담배를 피우다 꽁초를 버리자, 허세가

"하수구에 좀 버려요."

"길에 버려도 다 주워 가."

"기본 매너가 있지."

그때 서 약사가 잠깐 밖으로 나오다가 허세를 보고

"허세 씨, 술에다 이젠 담배까지, 완전 실망이네요."

허세는 쓸쓸한 표정을 짓는다. 그게 다가 아니었다.

"곧 패인 되겠어요."

"예, 예."

깜짝 놀라면서 뒷골이 댕기었다. 이러다가 또 무슨 얘기를 들을지 몰라 그만 집으로 빨리 갔다. 서 약사의 분노는 굉장하였다. 순수하고 순진하게만 알던 허세가 아니었다는 사실을 알자, 무시할 뿐만 아니라 냉정하게 대하기 시작했다. 허세는 자기의 본성을 서 약사가 알자 큰 한숨을 쉬며 '어차피 알 것이 왔다'는 것이 뇌리에 스쳤다. '한두 번 여자들에게 스트레스를 당해.' 식의 이차곡선을 그렸다. '또 내가 변하여, 얼굴이 바뀌면 태도가 바뀌겠지. 여자뿐만 아니라 모든 남자들, 사람들, 인간들이 다 그래. 나 또한 역시. 살아온 짬밥이 있지. 어차피 인간과 인간의 존재-무촌인 부부라

도-는 Between(사이)하게 존재하는 거야.'라며 생각한다.

그런데, 이때부터 이 사장에게서 전화가 너무 자주 왔다. 그래서 이 사장과 본격적으로 어울리기 시작한다. 형님 같은 이 사장은 허세를 잘 돌봐 주며 다독거렸다. 그러나 돈은 허세가 다 썼다. 돈이 남아 있는 허세는 문제될 것이 없었다. 그렇게 계속 어울리다가 하루는 명소가

"가리봉에 있는 조선족 노래방이 좋다고 하던데…."

하며 말을 흐렸다. 그 얘기를 듣자 허세가 호기심에

"가 보자."

하고 말을 한다. 전부 의기투합(意氣投合)하여 택시를 타고 간다. 도착해서 정경을 보자 허세는 일반 서울 거리와 그렇게 큰 차이점을 발견하지 못한다. 단지 양꼬치 점과 만두 등 중국 음식이 몇 군데 있었다. 일단 배가 출출해 양꼬치를 먹으러 간다. 상당히 맛이 있었다. 허세가 중국어를 사용하는 사람들을 보자, 장사기가 보지 말라고 하였다. 시비가 생길 우려가 있기 때문이었다…. 양꼬치를 먹고 노래방으로 갔다. 아가씨를 부르자 다섯 명이 들어왔다. 그러나 그렇게 예쁜 여자는 없었다. 한 중국인 파트너 아가씨가 허세를 상당히 좋아했다. 중국어를 쓰며 말하는데 무슨 말인지 알 수가 없었다. 도우미 중에는 한국어도 사용할 수 있는 조선족도 있었다. 장사기는 양미라라는 아가씨에게 빠져서 다리 종아리를 만지면서 스트레스를 풀었다. 양미라는 TM5를 사달라며 장사기에게 졸랐다. 장사기는 알았다며 말하고 좋아서 계속 종아리를 만진다. 장사기가 자가용이 얼 만데 사 주냐! 말로만 그러는 거였다. 김 사장은

처음 와서인지 어리벙벙한 표정을 지었다. 명소는 중국인 파트너
가 마음에 드는지

"중국어로 요건 뭐라 그래. 아~ 그래."

하며 좋아 죽는다. 전부 가관이 아니었다. 택시를 타고 돌아오는
길에 전부 '야호'를 외치며 신나 했다. 이 광경을 지켜보던 이 사
장은 가소롭다는 표정을 짓는다. 너희들이 놀아봐야 부처님 손바
닥이란 것이다. 어디에서 그런 힘이 나오는지를 알 수는 없지만 아
무튼 재미있게 전부를 깔아 보고 있었다. 그 뒤로 허세와 이 사장
은 자주 자악관을 가는데, 이 사장이 김 마담을 자꾸 찾아간다. 그
러면서 춤을 지도받는 인상을 풍긴다. 그다음부터도 계속 김 마담
을 찾는데, 그 춤은 대략 자이브, 차차차, 탱고, 왈츠, 삼바, 지루박
등이었다. 어느 순간 갑자기 아줌마와 춤을 추기 시작한 것을 보게
댄다.

"많이 늘었는데."

"그거 보통이야. 너희들이 놀아봐야 얼마나 놀아. 나를 따를 순
은 없어."

"이 사장. 단수가 높아요. 그거 배워서 뭐해."

"재미로 추는 거지 뭐."

그즈음에 장사기가 동작구청 근처 술집에서 우연히 고향 여자를
만나 사귀게 된다. 계속 만나며 관계도 맺는데, 이 여자가 무슨 걱
정이 있는 얼굴을 하자

"얼굴이 왜 그래."

"사실은 방 보증금 1,200만 원이 없어요."

"내가 빌려줄게."

그 뒤 연락이 두절된다. 그러나 성태가 그 여자 전화번호를 알아낸다. 그 여자는 착한 여자였다. 수월이가 전화를 하자, 만나기를 바랐다. 그 돈 갚으려고 궂은일을 하며 착실히 돈을 모았다며 돌려주었다. 장사기는 허망하였다. 돈보다도 그 여자를 보고 싶어 했다. 그 여자는 그 뒤 장사기 곁을 떠난다. 장사기는 너무 힘들어했지만 가정이 있기 때문에 잊을 수 있었다. 남자에게 있어 가정이란 큰 울타리일까?

그런데 새벽에 성태를 만나러 가는데 -물론 성태의 허풍을 듣고 싶었다- 박 감독이 새벽 기도를 하러 가는 중이었다.

"이 새벽에 무슨 일이세요."

"아 내가 자네의 모습을 보고하는 말일 씨. 자네가 요즘 담임목사의 설교에 매료되어 있는 모습을 보고, 자네는 역시 나의 후계자 감으로 내가 점 찍었네."

'이 시발 새끼가 또 주책을 부리고 있네.'라며 생각한다. '오늘 죽여 버릴까.' 아무튼 허풍을 더 들어 보기로 한다.

"내가 말이야 읽어도 읽어도 알 수 없는 성경책에 대해서 자네에게 아홉 장의 백지 편지를 보내고 싶지만, 오늘 나의 성경 철학 아니 신학을 자네에게 설파하겠네."

'얼씨구. 아 오늘 재미있는 판이 벌어지겠다.'라며 생각한다.

"내가 이 성경책을 깨닫기 위해서 10년이라는 긴 세월이 흘렀네. 그 말이 무엇이냐 하면 제가 기도원에서 3년 기도와 7년 성경책 공부를 했네. 그 말씀이 무엇이냐 하면 기도원에서 1년 금식기도를 하고 2년 밤낮을 가리지 않고 기도를 했네. 과로로 잠이 오질 않을 때는 신경정신과 약을 복용하며 2년 기도를 했네. 그리고 7년 동안 세계에 있는 모든 히브리어와 헬라어를 수집해 공부를 했네. 물론 히브리어 문법책과 헬라어 문법책을 먼저 보고, 다시 말하면 깨닫고 공부를 했네."

"그럼 이해되지 않는 부분은 어떻게 해결했어요."

"그것은 자네도 알지만 하나님 음성을 들으며 깨달았지."

"하나님이 가르쳐 조요."

"가르쳐 주더구만."

"음성이 어때요."

"아주 웅장하고 거룩했지."

"간사한 음성은 아닌가요."

"때론 마귀가 간사한 음성으로 나를 방해했지만 그것을 하나님께 기도 하니깐 성령[02]의 힘으로 물리쳤지. 삼위일체의 하나님[03]이 나를 이끌어 주셨지."

'이 개새끼를 오늘 죽이자.'라며 허세는 다짐한다.

"그럼 아담이 히브리어 무슨 뜻입니까? 어르신."

박 감독은 한참 고민에 빠진다. '나를 들었다 놨다 하는구나! 이렇게 질 순 없지.'라며 생각한다. 더 고독에 빠지다가

"자네 나를 시험하는가? 자네 지금 나를 Temptation를 하고 있구만."

---

02    성령(보혜사): 1. 하나님의 성령 2. 그리스도의 영
03    삼위일체의 하나님: 성부(하나님), 성자(예수님), 성령

"어르신 저는 Temptation(마귀가 시험하는 유혹)이 무슨 뜻인지도 모르고요. 단지 어르신이 그렇게 성경책을 깨달았다니 드리는 질문일 뿐입니다."

"아무리 그래도 그렇지 그 정도 수준을 내가 모른다고 생각하는가."

"그럼. 아담이 히브리어로 무슨 뜻입니까."

"자네 지금 보니 나를 TEST하는 하나님이구만."

"저는 그 Test(하나님이 더 큰 그릇을 만들기 위해서 하는 시험)의 뜻조차도, 까지도 모릅니다. 단지 깨달음을 전수받고자 뜻에서 드리는 질문입니다."

"자네 지금 보니 여자들이 매력 있는 남자들에게 하는 Clandestine temptation를 하고 있구만."

"저는 그 Clandestine temptation(은밀한 유혹)조차도 모릅니다."

"왜 나를 오늘 죽이려고 하는가?"

"그럼 왜 시검방지게 후계자 감으로 점찍었느니, 모든 성경책을 이해했느니 하는 허풍을 떠십니까."

"나를 그냥 보내 주게."

"못 보내 줍니다. 어서 아담(사람)이 히브리어로 무슨 뜻인지를 말해 주십시오."

"내가 잘못했네. 너무 주제넘은 짓을 했네."

"고향 어른이니까 봐 주는 겁니다."

"알았네. 고맙네."

장사기

그리고 헤어진다. 그런데 그다음 날 새벽에 또 둘 이가 붙었다.

"자네 또 그 담임목사를 그리워하는 표정을 짓고 있구만."

"무지개 언약에 대해서 기가 막히게 해석을 해서요."

"그거 내가 15년 전에 이미 깨달은 걸 세."

'이게 또 죽여 나야 정신을 차리나.'라 생각한다.

"그거 강인하고 난해한 설교 해석인데."

"무지개가 활이 아닌가. 그 정도만 얘기하지. 자네도 알고 있으니까."

"그럼 미리 깨닫고 담임목사에게 가르쳐 주었습니까?"

"이제야 내 수준을 알고 있구만. 항상 나에게 핸드폰으로 모르는 게 있으면 질문을 하지. 아니 지혜를 나에게 구하지."

라며 모든 것을 아는 듯한 표정을 짓는다. 죽이려고 그러다가 신을 보는 느낌을 받는다. 잡신을 보는….

'이거 잘못 건드리면 내까지 잡신이 되는걸.'이라고 생각한다. 그러면서 '앞으로는 피해야겠다.'라며 생각한다. 독종은 피하는 게 상책이다. 허세는 그 노인네를 아무리 생각해 봐도 알 수 없는 노인네였다. 어쩌다가 저리 허풍을 떨고 다니는질 도무지 납득이 되질 않았다. 공무원 공부하는 수험생의 책을 길에서 주워 가지고 수준 있는 영어 단어를 외우고 한번은 허세 고향의 쌀을 산다고 해서 집에 데리고 왔더니 Algebra(대수학)와 Topology(위상수학) 라는 과목의 대학 책을 보더니 그다음부터 허세만 보면 Isomorphism이었더니, Homomorphism이 었더니, Homotopy가 어렵다고 너스레를 떨었다. 허세도 수학과가 안 맞아 머리가 나빠 겨우 졸업했는데, 왜 무슨 이론의 대가가 되어야 된다며 그 힘든 수학이론을 공부하려고 하는질 이해하지 못했다. 그러나 박 감독의 참기름은 허세의 어머니도 인정했다. 고향에서 그렇게 참깨 농사를 지어 참기름을 짜도 박 감독의 참기름처럼 고소한 냄새와 맛을 먹어 보질 못했다고 했다. 그날 노량진의 불빛이 오늘따라 점점 더 흐려지는 느낌을 받는다. 고통과 고난의 악수와 같았다. 노인네가 또 설교를 하려고 덤비면 어떡하지 하는 두려움이 앞섰다. 그리고 그다음 날 일요일에 설교를 듣고 교회를 나오는데, '약국 생각이나 가 보자.'라는 생각이 들어간다. 벌써 멤버들이 다 모여 있었다.

장사기가

"설교 잘 듣고 왔어. 명설교라며 주장하더니."

"잘 듣고 왔지."

"오늘 저녁에 가리봉으로 가기로 했는데."

"나도 빠질 수 없지."

방금 설교를 들었으나 밤의 전사처럼 세속에 물든다. 물론 모든 잘못은 허세에게 있으나 주위에서 가만 내버려 두질 않는다. 허세도 지금 그의 전차가 가는 방향을 알지를 못했다. 그저 하루, 하루를 보내기에 바빴다. 무슨 바람이 불면 바람의 방향대로 가니 참 허세를 알 수 없었다. 바람이 불어도 때론 바람의 방향에 등을 대고 버터 내야 하는데 그는 마음이 약해 바람의 방향을 이겨 내지 못했다. 이 부분은 허세에게 치명적인 사건을 이루게 된다. 밤이 되자 모든 멤버들은 가리봉에 있는 조선족 노래방으로 간다. 이때 허세가 모든 짝을 지워 준다. 명소는 저번 중국 아가씨, 장사기는

TM5, 김 사장은 성 양, 허세는 김 양 등등.

　재미있게 노는데 TM5가 허세 비위를 건드리자

　"이 씨팔년이 까불어."

　"뭘, 뭘, 뭘."

　하면서 대들자, 허세가 맥주병을 들고 찍으려고 하자, 지지 않으려고 버텼다. 그렇게 옥신각신하다가 TM5는 나가고 새로운 아가씨가 장사기 옆에 앉는다. 중국 한족의 예쁜 대학생 아가씨였다. 허세도 대학생 아가씨로 바꿔 달라고 하자, 다른 대학생 아가씨가 온다. 키도 크고 날씬한 미인 한족 아가씨들이었다. 홍대 입구와 흑석동에 있는 대학에 다닌다고 하였다. 허세가

　"너희들 왜 이런데 나 오냐?"

　"돈 때문에요."

　대학 생활을 한국에서 공부하니 돈은 들고 대학 등록금도 마련해야 하니 중국 대학생들이 노래방 아르바이트를 하는 모양이었다. 한국어도 잘하였다. 허세가 영어를 사용하자

　"그건 초등학교 영어 수준이에요."

　허세는 창피해서 그만 기가 죽었다. 김 사장과 이 사장은 허세가 용산 전쟁 기념관에서 영어로 미국사람과 대화하는 걸 영순 이모 아들 결혼식에서 보았는데, 다 들통이 났다. 그때는 영어 잘하는 줄 알았다. 전부 우스워 죽는다. 그리고 나와서 양꼬치를 먹고 노량진으로 와 헤어졌다. 그런데 그다음 날이었다. 갑자기 장 약사가 무슨 공부를 하였다. 허세가 몰래 보자, 컴퓨터로 중국어 공부를 하고 있었다. 예쁜 중국 여대생과 여자 도우미들을 보니, 눈이 뒤

집힌 것이었다. 야~~~ 이 새끼가 발정이 난 거였다. 공부하기 싫어한 놈이 갑자기 중국어 공부가 재미있었던 것이다.

"가리봉에 또 가서 놀려는 거지."

"중국어 공부 재미있다. 허세도 배워봐. 공부하는 거 좋아하며."

"쓸모도 없는 걸 왜 배우나."

"아가씨들하고 중국어로 얘기하면 얼마나 재미있겠냐! 사는 게 뭐 별거 있어. 한 여자에게 어떻게 만족해. 니도 내 나이 돼 봐라."

장사기가 왜 그렇게 변한 지는 아무도 몰랐다. 단지 변한 이유를 들자면 시골에서 올라온 촌놈이 서울에서 룸 문화를 접하고 쾌락의 낭떠러지에 빠졌기 때문이다. 장사기뿐만 아니라 모두 다 그들이 가는 방향을 체크하지 않은 채 하루하루를 무의미하게 보내고 있었다. 시간은 모두를 기다려 주질 않는데 말이다. 그때 김 사장이 고개를 갸우뚱하며 약국으로 들어오고 있었다.

"내가 박 감독하고 얘기하고 있었는데 자영이 할머니가 지나가는 걸 봤다. 얼굴이 엉망이더라. 또 주식에서 물렸나 봐. 이젠 투자가 많아서 빼도 박도 못해."

"김 사장님은 주식이 어때요."

"나는 치고 빠지지."

"그래도 액수가 많아서 조심해야 할 텐데."

"아직은 선방하고 있어. 너도 다시 해 보지그래."

"주식 해서 얼마 못 버는 줄 알잖아요."

"하긴 그래. 그런데 박 감독하고 니 얘기 좀 했다."

"무슨 얘기요."

"박 감독이 그러는데, 약국 사람들이 '아 다 버려 났다'고 그래 더라."

"이 씨발 염감탱이. 자기 일이나 잘하라고 그래요. 나이 들어 마누라에게 아무 소리 못 하고 지내면서 무슨 남의 일에 간섭이야. 염감탱이 좀 맞아야 정신 차리겠는데, 돈 물어 줄까 봐 때리지도 못하고…."

당장 허세는 박 감독 가게로 간다.

"박 감독 참기름 국산 맞아. 수입산 중국 참깨를 많이 넣고 국산 참깨 살짝 썩었지. 섞어서 짠 거 아니야."

겁을 먹으면서

"아이래. 국산으로만 짠 거야. 빨리 가. 장사해야 돼."

"말조심하고 살자. 다 들었다. 내인데 그러다 맞는다."

"알았어."

"뭘 알아. 말 못 해. 성태하고 같이 와 장사 못 하게 한다."

"나도 말을 하다 보니 실수했어."

사과를 받아 낸 허세는 가리봉 노래방의 김 양에게 미국산 종합 비타민을 사 주려고 약국으로 간다.

"그거 이제 안 나와. 이거 주면 돼."

눈치를 챈 허세는 설명서를 읽어 본다. 국산 싸구려였다.

"미국산 없으면 안 사. 카드 돌려줘."

"아이참, 이거 주면 돼."

허세가 완강히 계속 버티자. 슬그머니 미국산 종합 비타민을 준다. 장사기는 이번에도 허세를 등쳐먹으려고 했었다. 그러나 허세가 너무 당해서 낌새를 챈 던 것이다. 장사기는 또 못 속였음을 아쉬워하는 표정을 짓는다.

"비타민도 샀는데 오늘 조선족 노래방 가는 거지."

"당연한 말씀."

저녁이 되자, 다시 조선족 노래방으로 간다. 김 양이 들어오자, 허세는 비타민을 준다. 그렇게 재미있게 놀고 시간이 되자 아가씨들이 밖으로 나가는데, 김 양이

"제 꿈꾸지 마세요."

라 말한다. 허세는 그것이 무슨 말인지 도무지 알 수가 없었다.

"수월이 형 조금 전에 한 말이 무슨 뜻이야."

"나도 알 수가 없다."

노래방을 나오는데, 노래방 사장 아들인 영식이가

"제 것도 비타민 하나 사 주세요."

"알겠어요."

하고 웃는다. 그런데 택시를 타고 오면서 명소가

"나는 지팡이 짚고 다니기 전에 한 번이라고 더 하자는 주의야. 건강할 때 마음껏 하자는 거지."

"명소 추한 말 자꾸 하면 죽어."

"허세야, 그렇지 않냐."

"그래 긴 뭐가 그래. 곱게 늙어."

"알았다. 그렇다고 면박을 주냐."

명소는 삐져서 한마디도 안 하고 노량진으로 왔다. 그런데 그다음 날 천숙이 누나와 은정이 누나가 같이 여러 가게를 왔다 갔다

했다. 허세는 '왜 같이 다닐까.' 곰곰이 생각해도 알 수가 없었다. 그 답은 장사기가 알고 있었다.

"천숙이가 은정에게 가게를 넘겼어."

"장사가 그런대로 됐는데."

"그건 허세가 잘 못 알고 있었어. 잘 안 됐어."

개업일 날 가게에 가자, 사람들이 많았다. 뚱녀 이모부터 김 사장까지 다 있었다. 은정이 누나가

"허세 가게 좀 도와줘."

"알겠어요."

하며 얘기를 하는데 성태가 가게로 왔다.

"성태 형, 웬일이야."

"내가 안 올 수가 없지. 허세 내하고 소맥 한잔해."

그러면서 술을 먹자, 취기가 오른 성태는 이혼한 진영이 엄마 얘기를 말하였다.

"진영이 엄마가 진영이 생일날 비싼 노란색 비옷을 사 가지고 왔어요. 그런데 내가 진영이에게 안 입혔어. 눈물이 나지만 어쩔 수가 있어. 나를 버리고 간 여자인데. 진영이도 버린 거와 마찬가지야."

하며 계속 진영이 엄마 얘기를 하였다. 이것은 마치 허세를 세뇌시키는 양 싶었다. 허세는

"맞아, 맞아, 형 말이 맞아, 나도 안 입히겠다."

"나 진영이 데리고 앞으로 어떻게 사냐?"

"힘내요. 우 마담이 많이 도와주니."

"우 마담이 내 마누라도 되냐."

"그건 아니지."

"앞일이 막막하다. 남대문 옷 가게도 장사가 잘 안돼요. 내가 시간 날 때마다 알바로 수박 나르고 있지만, 그것도 이젠 일이 별로 없어."

"이 서울은 전문가들이 사는 곳이지. 우리 같은 서민은 입에 풀칠하기도 힘들어."

"그래도 아파트에 전세로 살고 있으면서."

"그것도 우리 엄마가 도와준 거야."

"그만하면 됐지 뭐."

"수월이 형에게 전화해 봐."

"형, 성태 형이 한잔하자는 데."

"알았어. 마감하고 갈 게."

조금 뒤 장사기가 오자.

"오늘은 장사가 좀 돼서 다행이다. 지난주는 장사가 안돼 애먹었어."

"'아픈 영혼 들이여, 오소소 내가 치료해 주겠습니다.'라 기도해."

"아무리 그래도 그렇지. 의사도 아닌데."

이런저런 얘기를 하다가, 허세도 소맥을 너무 많이 마셨는지.

"내일 설교 들으러 가야 되는데, 못 일어나면 큰일 난다."

장사기가

"나도 그 설교 들으러 가면 안 되냐."

"돼."

"그렇게 명설교를 하냐."

애기를 하다가 허세는 술에 취해 박차고 일어나 원룸에 자러 간다. 아침에 겨우 일어나 설교를 듣고 약국에 가니 소문이 뒤숭숭하였다. 다름이 아니라 국장님이 사업하시던 완주의 요양병원이 잘되지 않는다는 소문이었다. 국장님의 얼굴은 초조해 보였다. 그 전에는 명소와 그렇게 잘 어울리지 않았는데, 당구를 자주 치러 갔다. 게임비 당구를 쳤다. 명소가

"이번에 진 경기는 돈을 내셔야 돼요."

"알았어."

하며 요양병원 사업을 잊으려고 하는 기분전환용 당구였다. 계속 매일 당구를 쳤다. 그러던 중 하루는 국장님이 허세보고 밥을 우수 어르신과 먹으러 가자고 했다. 우정 식당에 가서 밥을 기다리고 있는데, 누가 밖에서 왔다 갔다 하고 있었다. 성태였다.

"내가 식당에 있는데, 와서 인사도 안 해."

성태는 국장님의 사업이 나빠지자, 인사도 안 하고 그냥 갔다. 국장님의 화는 대단했다. 밥을 먹고 있다가도 인사도 안 하고 갔다고 화를 내었다. 그리고 밥을 먹고 약국에 가자, 서 약사가 하와이로 남편 양탄자 사업 때문에 이사를 간다는 소문이 있었다. 허세는 '때가 되니 가는구나.'라 생각하였다. 며칠 뒤 횟집에서 서 약사의 송별식이 있다고 하였다. 그날이 되자, 모두 모여 송별식을 하고 하나씩 횟집에서 나오는데, 명소가 나오자 서 약사가

"미안해요. 잘해 주지 못했어요."

그 말이 무슨 말이냐 하면 명소가 사기꾼처럼 보여 평소 약국에서는 인간 취급을 안 했는데 자기 송별식에 와 주어서 고맙다는 애

기였다. 명소는 무슨 말인지도 모르고 술에 취해 얼굴이 빨개 가지고 밖에 나와서도 회를 씹으면서 먹고 있었다. 아이고, 명소야 정신 좀 차려라. 사실 명소는 서 약사의 송별식에 온 게 아니고 회 얻어먹으러 온 거였다. 서 약사는 그것도 모르고 한 말이었다. 그렇게 서 약사의 송별식은 끝났다. 그쯤 해서 국장님 장남이 결혼을 하려고 했다. 모두 다 전주로 내려가야 했다. 결혼식장에서 뷔페를 먹고 있는데, 국장님 누나분이 화가 나 있었다.

"아니, 서울에서 약국이나 하지. 왜 요양병원을 해서 돈을 없애. 양수 그놈이 일억은 해 먹었어."

같이 있던 성태는 허세에게

"일억만. 몇억을 해 먹었겠다."

"그리 많이 해 먹었어. 국장님 호구구만. 그렇게 믿더니."

그리고 모두 서울로 올라온다. 약국 앞에서 담배를 피우던 명소가

"아니, 아버지의 요양병원 사업이 실패했으면 정략결혼을 해야지. 이놈이 철이 덜 들어 가지고 결혼을 그리 쉽게 하면 어떻게 되는 거야."

허세가

"니가 무슨 상관이야. 돈이 없어 매일 룸살롱 비 외상 하거나 매일 얻어먹으면서."

김 사장은 허세를 끌고 약국 뒷문으로 데리고 가 싸움을 말린다. 그런데 그때부터 약국에 장 약사 부인이 가끔 나타난다. 허세는 장 사기가 있는 데서 김 사장에게,

"장 약사의 부인 왜 그래 못생겼어요. '한 여자에게 어떻게 만족

하냐.'라는 말이 이해가 돼요."

"그래. 너무 못생겼어."

그 말을 들은 장사기가

"아~, 젊었을 때는 날씬했는데, 그렇게 변했지 뭐 야. 허세, 니는 어떤 여자하고 결혼하는지 궁금하다."

김 사장은 부인이 예쁘고 고상하게 생겼으니 아무 말 못 하고 허세는 아직 장가를 안 갔으니 하는 말이다.

"대학 때에 여 학우가 나에게 그 말을 하더니, 또 듣네."

김 사장과 허세는 약국 밖을 나오며 계속 장 약사의 부인 얘기를 하며 웃었다. 허세는 고급 룸살롱의 여자의 미모에 젖어 있었기 때문이다. 살다가 무슨 일이 일어날 질 아직 모르는 비운의 소년 같았다. 아무 생각 없이 그저 하루하루를 보냈다. '장래는 그 나름대로 계획하며 조금만 더 즐기다가 정상궤도로 가야겠다'고 생각했다. '그 이후의 일은 일사천리로 노선을 타겠지.'라는 어리석은 생각에 빠져 있었다. 참 안쓰러운 동물이었다. 그런데 둘이서 웃으며 얘기를 하다가, 허세가

"장사기는 그렇다 치고 김 사장님은 왜 바람을 피워요."

"니도 삼 년 만해 봐라."

"그게 그래요."

허세는 고개를 갸우뚱거리며 이해가 되질 않는다고 생각한다. 허세는 '여자들은 바람을 잘 안 피우는데 남자들은 바람을 잘 피우는 경향이 있지.'라 잠시 생각한다. 말이 나왔으니 하는 애긴 데, 이것은 과학적인 분석이 있다. 인간의 뇌에서 성 기능을 담당하는

기관이 오른쪽 뇌이다. 남자는 이 오른쪽 뇌가 여자보다 크다. 그래서 성적 몰입이 여자보다 강하다. 게이들이 요즘 있는데, 이런 남자들은 오른쪽 뇌가 작다. 우리는 이런 남자들을 이해해야 된다. 태생이 그런데 어쩔 수가 없다. 이것은 잡지에 나와 있다. 다시 본문으로 돌아가서, 또 하루가 지났다. 갑자기 오후에 김 사장에게서 허세에게 전화가 왔다.

"너 빨리 우리 아파트로 와."

"왜요."

"오라면 와. 긴급사항이야."

빨리 뛰어가자,

"야~, 장 약사가 약사 자격증이 없어."

"말도 안 되는 소리 하지 마요. 약의 영어 명칭, 처방전의 영어도 다 아는데요."

"그러니 말이야. 내가 장 약사가 써 준 처방전을 들고 건너편 의원에 가 보니 문을 닫아서 옆에 있는 병원에 갔는데, 의사가 '약사 자격증도 없으면서 동네에서 뭐하는 짓인 줄 모르겠네요.'라 말하는 거야."

"사실이군요."

라 말하고 아파트를 나오는 순간, 명소에게 전화를 한다.

"명소, 어디야."

"나, 지금 장 약사랑 돈가스집에 있는데."

"알았어. 내가 그리로 가지."

빨리 뛰어서 그리고 가자마자

"장사기가 약사 자격증이 없다며."

"누가 그러냐."

"김 사장님."

"아군이냐 적군이냐."

"아군이지."

명소가 있다가

"아픈 곳이 있으면 덮어 주어야지."

명소는 처음부터 그 사실을 알고 있었다. 모두에게 숨겼다. 예전에는 가짜 약사가 많았는데, 요즘은 많이 줄어들었다. 그때부터 허세는 장사기의 학벌까지, 아니 모든 것을 의심한다. 장사기는 그런 거 뭐 별거 아니라는 듯이 씩씩하게 약국 일을 하였다. 점심을 먹은 뒤 쉬고 있는데, 오후 한 시 즈음에 김 사장님에게서 전화가 왔다.

"빨리 우리 아파트로 와라."

"왜요."

"글쎄, 빨리 와."

아파트로 가자,

"우 마담이 진영이 엄마야."

"말도 안 되는 소리 마세요."

"진영이가 유치원 버스에서 내려 우 마담보고 '엄마.' 그러는 거야. 그때 내가 우 마담을 보고 있자, 우 마담이 나를 보고 급히 진영이를 안고 가는 거야."

"우연의 일치죠."

"너 왜 그리 순진하냐."

이야기를 끝내고 둘은 약국으로 간다. 성태를 제외하고는 다 있었다. 말도 안 했는데 분위기가 저녁에 북창동으로 가자고 쏠리고 있었다. 저녁에 약국이 문을 닫자, 택시를 타고 북창동으로 간다. 허세가

"명소는 안 탔네."

"거래처 손님 만나야 된다는데."

낌새를 챈 허세가

"거래처는 무슨 거래처. 돈이 없고 외상도 못 하니 그렇지."

장사기는 그만 꼬리를 내린다. 초이스 클럽에 도착해 양주를 먹는데, 김 사장이 계속 우 마담을 보고 있자, 우 마담도 다 들켰다는 듯이

"그게 남편이야, 새벽까지 장사해서 아침에 자고 있는데, 안 일어난다고 발로 내 허벅지를 차고, 그 새끼."

허세는 처음에 무슨 말인지 몰라 어리벙벙하게 듣고 있다가, 우 마담이 계속 말하자, 상황 판단을 한다.

심성이 고운 소현이에게

"그럼, 초혼이야."

"응."

"왜 내만 몰랐냐."

"오빠가 가게에 자주 오고 인삼도 소개해 줘, 우리는 상황을 다 알고 있는 부잣집 아들인 줄 알았지."

우 마담의 역정은 거기서 끝나질 않고 시집 잘못 왔다면서 울고 있었다. 성태 그놈이 그러고도 남을 만한 놈이었다. 조직에 한때

몸담은 놈의 성품이 어디에 가겠느냐! 소현이가 계속 휴지를 주자, 우 마담은 눈물을 닦았다.

"진영이가 있으니까 살지. 진영이 없었으면 벌써 이혼이야. 이혼."

허세에게만 큰소리를 못 치고 있는 이유를 알 수가 없었다. 그가 그렇게 자주 말하는 의리란 이유가 그런 것인가? 밖에서는 치고 싸워도 가정에서는 어린 양이 되어야 하고 모든 밖에서의 고난을 가정에서는 따뜻한 보살핌으로 승화해야 되는데, 성태가 아무리 부인이 마담이지만 그렇지 그 지랄을 떠는 것이 그 무엇인가? 허세는 속으로 성태를 '개새끼'라 생각하며 울분을 토했다. 그런 일이 있은 후 성태를 약국에서 만난다.

"마누라 새벽이슬 맞으며 돈 버는데, 아침에 안 일어난다고 때리고 잘한다 잘해."

"한 번."

"왜 나를 속이나."

"야."

"하~."

하며 웃자

"착해."

"그런 걸 왜 속여."

"그럴 수밖에 없었어."

허세는 뭐가 그럴 수밖에 없다는 건질 알 수가 없었다. 허세는 지금도 속았다는 것이 이해가 되질 않았다. '둘이 어울려야 안 속지. 한 명은 양아치 건달이고 우 마담은 중후하게 생겼는데, 어울

러야지.'라 생각한다. 진영이가 우 마담을 전혀 안 닮았고 성태도 닮지 않았는데 말이다. 나중에 안 사실이지만 성태가 코를 성형해 올렸다는 말을 우 마담에게 듣는다. 그러고 보니 진영이가 성태를 약간 닮은 것 같았다. 나중에 알지만 조직에 몸담은 놈들이 거의가 부인은 룸살롱 마담 내지는 노래방 사장이었다. 그 뒤는 남편들이 도와준다. 그러던 어떤 날 성태, 장사기와 북창동에 갔는데, 우 마담이 옆에 앉아 있는 성태에게 오징어를 찢어서 입에 넣어 주었다. 허세가

"잘 어울리는데~~~ 진작 저렇게 지내지."

하며 비아냥거렸다.

"진영이 아빠가 아침에 미역국도 끓여 주고 너무 가정적이에요. 제발 밤에 불러내지 마세요. 진영이가 자다가 아빠 없다고 전화해요."

얼마 전에는 그래 욕을 하더니 지금은 또 무엇인지, 알 수 없는 우 마담이었다. 북창동에 간 후 큰일이 장사기에게 또 일어났다. 다름이 아니라, 장사기가 가리봉에 있는 여자를 사귀며 관계도 맺었는데, 이 여자가 핸드폰을 만들어 달라 그래서 핸드폰을 주었다. 그런데 이 여자의 남편이라며 당장 500만 원을 부인에게 보내지 않으면 모든 것을 공개하고 장사기를 가만두지 않겠다고 협박하였다. 장사기는 겁이 나 돈을 보낸다. 그런데 문제는 계속 돈을 요구했다. 일이 이렇게 진행되자, 성태를 안부를 수 없었다. 성태는 사건의 심각성을 알고 덩치 좋은 네 명을 데리고 가리봉동 노래방으로 간다. 사정을 노래방 사장에게 말하자, 사장은 긴장한 얼굴로 어디로 전화를 한다. 금세 열다섯 명의 조선족들이 알루미늄 야

장사기

구방망이, 손도끼와 쿠사리(자전거 체인 사슬이나 족쇄)를 들고 도로에 서 있었다. 조선족들은 떼로 몰려와 사건을 해결하고 그대로 사라진다. 사태의 심각성을 안 성태는 돈이 든 지갑을 보여 주며 핸드폰만 받고 없었던 일로 하자고 했다. 핸드폰은 범죄에 사용될 수 있기 때문에 꼭 받아야 했다. 돈은 받지 못했다. 그 여자도 불쌍한 여자였다. 한국 사람에게 잘못 걸려들어 수입금을 매일 갖다 바치는 일을 하는 조선족이었다. 세상이 그렇게 구역질 나게 돌아가고 있었다. 그러는 동안 하루는 성태 가게에 있었는데 장사기와 성태는 구석에서 무슨 말을 하는지, 계속 말을 하였다.

"무슨 말을 해."

"아니야."

물어도 말을 안 하고 있으니, 허세는 미칠 지경이었다. 그렇게 있다가 모두 택시를 타고 노량진으로 왔다. 둘은 무슨 할 얘기가 있는 줄은 몰라도 계속 약국 앞에서 얘기를 한다. 허세는 혼자 집으로 가며, '노량진의 하늘이 오늘 밤에는 왜 그리 흐릴까!'라 생각한다.

그다음 날이 되었다. 약국은 어수선하였다. 짐을 싸고 있었다. 사실 며칠 전부터 횟집에서 무슨 작업을 하고 있었는데, 약국 인테리어 공사를 하고 있었다. 허세는 그것도 모르고 있었다. 갑자기 떡집과 반찬을 운영하는 미자 누나가 떡을 가지고 왔다.

"웬 떡이요."

"국장이 바뀌었어."

"무슨 국장."

"약국 국장."

"국장."

"수월이가 국장이야."

"국장이면 내인데 말을 하지 안 해요."

허세는 아직도 한밤중이었다. 장사기와 성태가 왜 속닥속닥거린 이유가 다 있었다. 새 약국의 권리금을 놓고 말을 했던 것이다. 성태는 장사기를 믿고 모두에게 권리금 얘기를 하지 않았다. 그러나 명소에게는 했을 것이다. 장사기는 명소를 그때부터 이상하게 가까이하였다. 세상에 비밀은 없는데 말이다.

"형이 이제부터는 국장이라며."

"아니야."

"그럼, 왜 약국을 옮겨."

"분위기 쇄신 차원이지."

"그래."

말은 그래 하지만 허세도 인테리어 공사와 떡을 주문하는 것을 보자, 어느 정도 짐작을 하였다. 그날 밤에 성태에게서 네 명이 만나자고 전화가 왔으나, 허세는 사양을 한다. 성태, 장사기와 명소는 치킨을 먹으며 사업구상을 한다. 장사기가

"내가 국장이 되었으니 돈 버는 건 시간 문제고 매일 성태 가게를 가는 거지 뭐. 권리금이 2억 3,000만 원이나 나온 걸, 성태가 1억 6,500만 원 성사시켰으니 고맙지 뭐. 내가 3,000만 원 줄게."

"아무렴, 형밖에 없어. 허세 이 새끼, 손 좀 봐야 되겠는걸. 요즘 우리말을 안 들어."

물론 반은 농담이었다. 명소가

"뭐, 그런 어린 애를 신경 써. 그냥 이용해 먹다가, 버리면 끝이야. 똘마니…."

성태는 장난스럽게 얘기했는데, 명소가 그렇게 말하자 명소를 쏘아본다.

"성태, 그게 아니고 말하자면 그렇다는 것이지."

성태는 허세를 버릴 수가 없었다. 허세와의 그동안 끈끈하게 맺어온 의리와 허세가 한 번 난리를 치면 어떻게 될 거라는 걸 짐작하고 있었기 때문이다. 허세와 성태의 의리는 우주적 믿음과 같은 우정이었다. 허세가 힘들 때면 성태가 다독여 주고 성태가 말을 하면 허세는 형처럼 따랐다. 이것은 경상도 사나이인 허세와 예술의 혼이 담긴 전라도인 성태와의 세기적인 만남이었다. 우 마담은 처음에는 그냥 스쳐 가는 우정으로 생각했지만 그들의 순수한 사귐을 보고 그들을 보호해야 한다는 모성애적인 보수적 생각을 한다. 그런데 사건은 며칠 뒤에 일어났다. 장사기가 성태에게 3,000만 원을 줄 수 없다는 거였다. 장사기 말에 의하면 우 마담에게 100만 원을 주었고 -왜냐면 성태가 막 쓸까 봐- 성태에게 여자를 한 번 붙여 주었다는 것이다. 거짓말이었다. 100만 원 준 것 사실이지만 성태 말에 의하면 여자를 붙여 주진 않았다고 한다. 그 이상의 진실은 신만이 알고 있었다. 더는 못 준다는 것이다. 이것이야말로 토사구팽(兎死狗烹)이 아닌가! 그날 밤 성태는 김 사장에게 미끼를 던진다. 술을 사 주며

"김 사장님, 안 그래요. 돈을 준다고 그래서 횟집 사장님에게 그

렇게 부탁해서 장사하게 해 주었는데, 이제 와서 돈을 못 주겠다면 난처한 일이죠."

"그래. 니 말이 맞아."

오랜만에 성태에게 술자리를 대접받은 김 사장은 왠지 술맛이 떨떠름하였다. 그다음 날 아침에 성태는 장사기를 찾아가

"김 사장님이 돈을 주어야 한다는데."

장사기는 얼굴색이 변하며, 성태를 인간 취급하지 않았다. 성태도 이상하였다. 주먹으로 확 휘어잡지 계속 방관만 하는 것을 알 수 없었다. 장사기에게 그의 주먹 세계를 보여 주지 못하는질 알 수가 없었다. 그것은 나중에 성태에게 치명타를 가한다. 그런데 오후에 김 사장이 약국을 가자, 장사기는 김 사장을 외면하였다. 눈치를 챈 김 사장이

"성태 이놈이 술을 사 주며 말을 하니, 내가 어쩔 수가 있어야지. 빚을 내서 약국을 차렸는데 돈이 어디 있어."

성태와 장사기 사이를 줄타기한다. 김 사장은 아직도 분이 덜 풀렸는지 허세에게 전화를 한다.

"내가 어떻게 하다 고래 싸움에 새우 등 터지게 됐냐."

"그러니, 처신을 잘해야지요."

"니도 내 입장이 돼 봐. 골치 아프다."

"그 정도 선에서 줄타기 한 것은 잘했어요."

그날 저녁이 되자, 성태는 허세를 은정이 누나 가게로 불러낸다.

"아직 끝난 게 아니야, 이 층 내과가 있어."

"형, 그냥 감옥 좀 살고 나오면 어때. 조 패. 매에는 장사가 없어."

"진영이가 있어."

"조금만 살다 나와."

"우 마담의 가게 뒤처리는 내가 깔끔하게 해결해 줄게."

"후."

하며 한숨을 쉰다.

그다음 날 아침에 일찍 일어난 허세는 약국으로 간다.

"아직 끝난 게 아니라는 데."

"그게 무슨 소리여."

"이 층 내과가 있다는 거지."

"그 병원은 우리 하고 사이가 좋아."

"이 층에 약국이 있어."

"우리 약국으로도 처방전이 많이 와. 아침부터 니가 와서 얘기하니, 내가 기분 나쁘지. 왜 그 애 길 하는데."

허세는 돌아가면서 많은 생각을 한다. 처음에는 장사기와 친하게 지냈지만 본색을 알자, 역겨웠다. 돼지 비린내가 날 정도였다. 사람은 신이 아니기에 살면서 실수를 할 수 있다. 그러나 잘못인지 알 때는 반성을 하고 뉘우쳐야 한다. 그러나 장사기가 처세를 하는 방법이 전혀 그렇지 못했다. 돈을 위해서 거짓말을 하고 돈을 위해서 의리를 헌신짝처럼 버리는 사특한 여우와 같았다. 처음에는 살살 웃으면서 사람을 홀린 다음에 이용가치가 없으면 가감 이 내다 버린다. 아주 무서운 놈이었다. 성태가 그 짝에 놀아난 것이었다. 성태도 처음에는 산에서 내려온 온화한 신령으로 생각하였다. 그러나 끝내는 이용만 당하고 버려졌다. 심리학자에 의하면 사람을 스타일로 분석하는 데에는 일곱 가지로 나뉜다. 참 안타까운 부류로 판단되는 장사기를 허세는 어떤 면에 있어서 불쌍히 여겼다. 끝내는 망할 것이기 때문이다. 자기는 망하지 않는다고 생각하지만, 세상이 그렇게 호락호락하지는 않는다. 죽을 때에 똥칠을 하고 죽을 팔자다. 장사기는 지금도 인수한 약국을 잘 이용해 돈을 벌 궁리만 하였다. 손님에게 사기를 쳐 약을 팔 궁리만 하였다. 장사기는 '내보다 약 더 잘 파는 사기꾼 있으면 나와 보라 그래.'라 웃을 것이다. 지금 약국이 마지막이 아니라 더 많은 약국을 차려 돈을 벌려고 사기를 칠 것이다. '허~허~허~.' 하면서 속으로 웃을 것이다. 불쌍한 장사기 부인. 돈을 잘 번다고 좋아할 것이다. 밖에서 바람을 그렇게 피우고 다니는데 말이다. 두 딸도 아빠가 그렇게 다니는 줄 모를 것이다. 모두를 속이는 장사기, 빈틈없이 추진하는 장사기. 우리가 박수를 쳐야 되나?

그날 저녁에 사람들이 둘이를 화해시키자고 자악관을 가자고 한다. 택시를 타고 자악관 건너편에 내리는데, 허세가 담배를 산다며 편의점에 간다. 허세가 담배를 사려고 하자, 둘이 있던 사람들이

"우리가 먼저 왔어."

"저보다 나이가 어린 것 같은데 말을 놓아요."

"말을 놓을 수도 있지."

열이 받은 허세는

"둘이 좀 나가 있어라."

나오자, 둘이 나가서 허세를 기다리고 있었다.

그만 허세는 나와서 다른 편의점에 가서 맥주병을 사 가지고 나

오자, 성태가 그때쯤 기다리고 있었다. 사정을 말하자

"내가 처리할 게."

"아니, 내가 처리할 게."

이 광경을 보고 있던 둘은 경찰서에 신고를 한다. 장사기, 명소, 김 사장, 성태, 허세까지 다섯 명이었다. 먼저 허세가 키 큰 놈부터 처리한다. 겨울 외투를 길에 벗고 맥주병을 깨서 십 미터에서 던지자, 맥주병이 머리에 박혀 피가 주르르 흐른다. 그리고 달려가서 붕 날아 이단 옆차기로 허리를 차자, 나가떨어진다. 그리고 일어나는 것을 오른쪽 주먹으로 볼을 때린다. 그만 코피가 난다. 작은놈은 겁을 먹고 멀리서 지켜볼 수밖에 없었다. 그리고 성태에게 나머지를 맡기고 건너편 도로를 건너 서 있었다. 한참 지나 서 있는데, 무언가 가 허리를 차는 느낌을 받고 쓰러진다. 그러면서 안경을 벗어 던진다. 눈을 다칠까 봐서였다. 그만 허세는 몸을 웅크리고 발로 차자, 허세는 강한 등을 내밀고 버틴다. 나머지 놈도 교묘히 차를 피해서 허세의 등을 찬다. 그때 신고한 경찰이 온다. 서로를 말리고 경찰서로 간다. 그 근처에 있는 자악관과 커네기의 전무와 상무를 성태가 다 불렀다. 두 놈은 자기들이 유리하게 조서를 썼다. 성태가 조서를 읽고 다 찢어 버린다. 두 놈은 그때부터 허세에게 형이라고 부른다. 세상 잘못 살고 있는 벌이었다. 경찰관이

"너들도 반 물어야 대."

둘은 꾸역꾸역 일어나서 경찰서 밖을 나간다. 허세는

"너들 사람 잘못 건드렸다. 인생 똑바로 살아라."

김 사장에게

"김 사장님은 뭐 했어요."

"나는 버린 외투 주어서 잡고 있었지."

장사기와 명소는 밖에서 씩씩 웃는다.

"어휴, 개벌레들. 꺼져."

둘은 싸움을 TV 보듯이 구경을 하고 있었다. 허세는 성태에게 수고했다며 룸살롱으로 데리고 간다.

"걔들 군대 휴가 나온 애들이야. 해병대 애들이야."

"나이가 좀 있어 보여."

"잘못 보았어."

"해병대는 예의가 있어. 잘못된 해병대 아니야."

허세는 맥주를 마신다. 양주가 독해 못 먹기 때문이다.

"병이 칼하고 똑같은 흉기야."

"내가 그런 걸 알아야지. 싸움을 많이 안 했는데. 형은 뭐 하고 있었어."

"몰라 갑자기 사람들이 안 보여서. 상황을 못 보았어."

"나중에 조금 맞기를 잘했네. 쌍방과실이 되었어. 아니면 내인데 맞은 놈 상처가 많이 나서 돈 물어 줄 뻔했네. 그 새끼들 세상 무서운 줄 알았을 거야."

"그걸 떠나 니가 흉기를 사용했기 때문에 우리는 구속이야. 구속. 운이 좋았어. 장사기와 명소에게 질렀다. 의리도 하나도 없는 놈들. 구경하고 있어."

"나도 그 정도인 줄은 몰랐네."

"벌 받지."

그리고는 허세 혼자 밖으로 나오며 담배를 피운다. 무슨 생각을 했는지 들어가

"형 혼자 더 먹고 가. 나는 집으로 갈 게."

"같이 가."

"내일 일찍 일어나 약국으로 가야지."

"알았어."

그리고는 일찍 나와 잠을 자고 약국으로 간다. 장사기가 씩씩 웃으며,

"이거 어혈 푸는 데 좋아."

하며 생약을 준다.

"형이 맞을 때는 내가 도와조야 하고 내가 맞을 때는 못 도와조. 그치."

"당연하지. 당연하고말고."

라 웃는다.

"어휴, 장사기."

그때 이 사장이 김 사장에게 뭘 들었는지 들어오며

"어떤 놈들이야. 우리 허세에게 시비를 걸어. 허세가 빨라서 맥을 못 출 덴데. 내가 있었어야 했는데. 아휴, 그놈들."

"이 사장님은 말만. 말만…."

장사기는 뭐가 좋은지, 계속 웃는다. 밤이 되자, 갑자기 비가 내린다. 어제저녁에 못 간 자악관을 가기로 한다. 초희가 기다리고 있었다. 초희는 어떻게 어제 일을 알았는지

"누구야, 누구. 내가 때렸어야 했는데."

이 사장은

"여자인 초희도 저렇게 외치는데, 장사기는 뭐했냐."

라 소리를 지른다. 장사기는 조용히 쥐새끼처럼 앉아 있었다. 밖에는 비가 계속 내리고 있었다. 조금씩 술이 들어가고 자악관에 조용한 음악이 흘러나왔다. 허세가 초희의 얼굴을 보자, 아름다웠다. 밖에 비가 와서인지, 초희의 얼굴은 우수에 차 있었다. 아니, 고혹적이라고 표현할 수 있었다. 조용한 음악과 하모니를 이루고 있었다. 허세가 손을 잡자, 가만히 몸을 맡긴다. 시간이 어느 정도 흐르고

"우리 둘이는 먼저 나갈 게."

초희가

"어디가."

"육회 먹으러 가지 뭐."

나와서 맛있게 육회, 천엽과 간을 먹는다. 비용은 초희가 낸다. 그리고 근처 스탠드바를 간다. 허세가 노래를 부르자, 박수가 나오자, 초희는 아주 좋아한다. 모든 비용은 초희가 낸다. 그리고 나와서 거리를 걷다가

"호텔로 가자."

초희도 오늘은 어쩔 수 없다는 듯이 고개를 끄덕인다. 서울에서 제일 큰 호텔로 간다. 호텔로 들어가자마자 허세는 딥 키스를 한다. 초희는 흐느낀다. 조금 몸을 움츠리며,

"씻고."

먼저 허세가 샤워를 하고 초희가 샤워를 한다. 알몸이 된 둘은 누가 먼저일 것 없이 키스를 한다. 허세는 긴 키스를 하다가 목을

애무하기 시작한다. 초희는 신음 소리를 낸다. 그리고 유방으로 손이 가고 혀로 유두와 가슴을 애무한다. 긴 애무를 끝내고 손은 발부터 사타구니로 가서 숲속을 만지기 시작한다. 그리고 초희는 계속 소리를 지르며 흐느낀다. 든든한 허리를 자랑하는 허세는 초희를 몇 번씩이나 만족시킨다. 그리고 일어나라며 손짓을 하고 후 배위를 한다. 초희는

"저, 죽어요."

라 앙탈을 부린다. 계속 후 배위를 한다. 초희는 계속 흐느낀다. 초희는 한 번도 경험해 보지 못한 밤을 보내고 있었다. 섹스를 끝낸 뒤 둘은 서로 켜 안고 밤을 보냈다. 아침에 일어나 보니 초희는 없었다. 대신 편지가 있었다. 간단히 요약하면

'얼굴을 차마 볼 수가 없으니 집에 잘 가라. 계산은 했으니 아침은 북엇국으로 먹으라'는 내용이었다. 왜 간 사연은 허세도 몰랐다. 허세는 혼자 북엇국을 먹고 집으로 온다.

"왜 혼자 갔을까? 아무리 생각해도 모르겠네."

혼자 중얼중얼거린다. 그렇게 택시를 타고 집에 온 허세는 잠을 자고 저녁 10시쯤에 박 감독 가게로 내려오는데, 가게 문을 닫고 있는 박 감독이 허세를 잡았다.

"자네, 교회를 다니며 말과 행동이 틀린가? 싸움을 하고 여자와 자고 그게 뭔가?"

허세는 겁을 먹으며

"왜 그래요."

"아무리 세상이 그 흔한 예수라도 그렇지. 내가 모를 줄 아는가!

요즘 개신교와 천주교를 다니며 젊은 남녀가 모텔을 가고 아무래도 세상이 곧 망할 징조일세. 모텔과 호텔이 왜 그리 번창하는가! 장사 안되는 곳이 없네. 결혼할 때까지 순결을 지키라고 예수님은 말씀하시지 않았는가! 자네들은 거룩한 본능이라고 변명할 줄 모르고 사랑의 승화라고 얘기할 줄 모르지만 세상이 썩어 가고 있네."

허세는 약한 곳을 건드리자 아무 변명도 못 하고 쥐 죽은 듯이 가만있었다.

"세상에 믿지 않는 자에게 하나님과 예수 얘기하면 얼마나 싫어하는 줄 아는가! 먼저 모범을 보이고 봉사와 사랑으로 실천하고 '왜 그렇게 사랑을 실천하세요.'라고 물었을 때 예수님 얘기를 해야지. 꼭 얘기를 해야 하는가? 나중에 사람들이 다 아네. 교회 다녀서 그런 사랑을 실천하는 사람이라고. 그리고 지금 사회봉사의 70%를 개신교가 일익을 담당하는 것이 사실이잖은가. 요즘 총명한 젊은이들이 하나님의 존재를 아네. 배움이 많고 총기로 다 아네. 그런데 왜 교회를 안 다니는 줄 아는가! 교회 다니는 성도들이 그렇게 싫다네. 성도들이 성령으로 무장돼 있어야 되는데, 솔직히 말하자면 그렇질 못하잖는가."

"인간이니깐 그렇지 않아요."

"좋은 인간. 말도 마게. 그건 허울 좋은 변명일세. 좀 더 우리 성도가 새롭게 변해야 되네.

캠벨 몰간 선생님께서 『성령론』에서 "새로 태어나야 한다. 거듭 태어나야 한다. 내가 다른 사람에게 존경을 받는 것이 아니라 나로 인해 다른 사람이 변화되어야 한다."라고 주장하지 않았는가! 우

장사기

리가 유혹에 직면했을 때 캠벨 몰간 선생님께서는 우리가 "이것이 주님의 뜻이 옵니까."라고 예수님께 여쭈어 보라고 말씀하시질 않았는가! 지금 이 세상이 이게 뭔가! 우리 어른들은 젊은 자네들을 보면 참 안타깝네."

"이집트 벽화에도 요즘 젊은 사람들 버릇이 없다고 적혀 있다는 데요."

"내가 말하는 것은 그런 류의 예의를 말하는 것이 아니네. 실천을 하고 돌아가신 유명한 목사님이 계시잖는가! 그분은 '사창가가 없어져야 되고 술집이 문을 닫아야 된다'고 외치고 돌아가셨네. 아직도 그분의 설교는 유튜브를 통해서 인류를 향해 말씀하시네. 지하 개척교회는 어떻게 할 건가? 예수님은 공동체 이론을 인류에게 말씀하셨네. 지하 개척교회와 지하 개척교회가 연합을 이루고 중형교회가 지하 개척교회를 도우며 공동체 교회를 설파하셨네. 지금의 개신교 교회를 향해 다른 종교에서는 목사님들이 사업을 하고 있다고 비판하지 않는가? 예수님이 사업인가? 그건 아니잖은가! 대형교회가 버스와 물티슈로 도배를 하고 있지 않는가? 대형교회에 사람 만나러 가네. 주일날 예수님을 만나러 설레는 마음으로 가야 되네. 설레야 되네. 개척교회도 기지개를 펴야 되지 않는가! 그 물티슈의 글을 아무도 안 읽네. 백만 명의 한 명만이라도 읽으면 된다고 위로하지만 백만 명의 한 명도 안 읽네. 그 물티슈 값으로 개척교회를 도우면 얼마나 좋은가! 이 목사 고시가 세상에서 제일 어려운 고시가 되어야 하네. 공부를 많이 하면 사람이 변하네. 그건 자네도 잘 알지 않는가! 지금 유럽은 기독교가 다 무너졌

네. 그네들은 도덕적으로 무장해서(신을 믿지 않아도) 이 거친 세상을 이겨 낼 수 있다고 생각하네. 시련이 과연 없다고 생각하는 모양이네. 우리 어른들이 보면 참으로 안타깝네. 그리고 요즘 유튜브에 자유주의 신학자들의 영향을 받아서 그런지, 자기만의 주장인 줄 모르지만 예수의 4대 복음서를 부정하네. 예수의 탄생과정을 읽고 '그걸 믿어.' 하며, 믿음을 가진 성도들을 현혹시키네. 안 믿는 사람을 현혹시키는 건 괜찮은데 왜 믿는 자들까지도 현혹시키는가! 믿지도 않는 걸 왜 연구하고 자기가 바울[04] 수준은 된다고 시건방지게 외치고 다니는가! 바울이 어떤 분인 줄 우리가 알잖는가! 5공 쿠테타 정권 때 한 마디도 하지 못 하더니, 5공 말기 때 갑자기 삭발을 하고 '쿠테타 정권 물러나라.'라고 외치며 날리 블루스를 치고 다녔잖는가! 처음 성경책을 가지고 믿을 때는 좀 수동적이 되어야 되지 않는가! 젊은 목사님이 그러시지 않는가 '이해하고 믿으려니 안 되는데 먼저 믿으니 성경책이 이해되더라.'라고 말씀하시지 않는가! 지하 개척교회에 대해서 말했지만, 나도 알지. 큰 교회들이 작은 교회 도와주는 것을. 그것 가지고는 부족하네.

신학교가 얼마나 많이 생겼는가! 그 그리스도의 제자가 되려고 공동체 교회를 꿈꾸는 신학생들 장래는 어떻게 하려 하는가! 대형교회가 아무리 좋아도 공동체 교회이론을 위해서 대형교회 성도들이 좀 더 자발적으로 지하 개척교회를 가야 하네. 지각 있는 장로님들은 매일 그 문제에 대해서 한걱정을 하네."

---

04  『신약』의 대부분을 쓴 저자

하며 한숨을 쉰다. 허세는 '요즘 복음성가 틀어 놓고 신문과 성
경책을 많이 묵상하나.' 하며 찍소리도 못한다. 이번 판은 박 감독
의 대승리였다. 그 전의 모든 허세의 승리가 하루아침에 무너지는
댐의 대 방류와 같았다. 약국으로 가려다, 허세는 발걸음을 집으로
향하며 천장만 바라본다. 그동안 쌓았던 논리가 하루아침에 무너
졌다. 이 노인네를 따라잡기 위해서는 더 많은 독서가 필요함을 느
꼈다. '도대체 언제 저런 논리를 쌓았지.'라며 자신의 논리의 한계
를 느꼈다. '박 감독도 담임 목사의 설교가 젊은이 위주의 설교라
며 이해하지 못한다는 논리의 한계를 한 때 나에게 말했는데…. 아
무튼 두고 보자. 다음에는 논리의 대역전승을 이루겠다.'라고 다짐
한다. 그리고 그날 밤 박 감독이 괴롭히는 가위의 눌린 꿈을 꾼다.
다음 날 점심쯤 꿈 때문에 잠을 잘 못 잔 허세는 배가 고파 겨우
일어난다. 중국집에서 음식을 시켜 먹고 씻고 있는데, 성태에게서
전화가 온다.

"약국 난리 났다."

"무슨 일이기에 그래."

"빨리 와 봐."

약국으로 들어서자, 무슨 플래카드를 걸고 약사들이 약을 팔고
있었다. 못 보던 두 명의 약사가 있었다. 한쪽에서는 장 약사의 부
인이 점심을 준비하고 있었다. 저번부터 약국에 있는 시간이 길어
지더니 약국에 상주해 일을 돕고 있었다. 이제는 천안에 있던 딸
둘과 모두 올라온 분위기였다. 둘 약사는 방 약사와 정 약사라고
하였다. 약국의 위용에 놀란 허세가 어리둥절해하자,

"왜 그래."

"국회의원 출정식도 아니고 이거 대단한데."

"이 정도로는 출발해야지."

허세도 새로 오신 약사님들에게 깍듯이 인사를 한다. 방 약사님이 친절이 허세를 대해 주자,

"비염이 있는데 고칠 수 있어요. 병원에서도 못 고친다고 하더라고요."

"제가 호주산 약과 한약을 드리면 나을 수 있어요."

돈을 건네고 약을 받기로 한다. 밖에 나오자, 장 약사가 따라 나온다.

"저렇게 하면 누가 이윤을 얻어."

"복잡한데. 나도 이윤을 좀 먹고 방 약사님도 좀 먹고. 능력 있으신 분이니까 좋아질 거야."

그리고 며칠 뒤 약을 받고 먹기 시작한다. 그 호주산 약을 이비인후과 의사 선생님에게 보여 주자,

"좀 좋아지겠네."

"한약도 먹고 있어요."

"한약은 글쎄."

실제로 그 약과 한약을 먹고 완치는 아니지만 많이 좋아졌다. 약국으로 가서, 방 약사님에게,

"많이 좋아졌어요."

옆에 있던 장 약사가

"국장님이 주신 것은 좀 약했지."

방 약사가

"고향 사과가 맛있다고 그러는데, 한 상자 먹을 수 있어."

"제게 돈 주시면 보내 드릴게요. 요즘 부사가 꿀이 박혀 있나 모르겠네."

사과를 며칠 뒤 받고는 꿀은 박혀있지 않으나 굉장히 맛있다며 방 약사님이 허세에게 점심을 사 주었다. 그렇게 약국은 나날이 발전하고 있었다. 그런데 어느 날, 장 약사가 CCTV를 보는데 방 약사가 약국에 있는 돈과 약을 숨겨 가는 것을 본다. 장 약사는 안절부절못하고 있다가, 마음을 편안하게 해 주는 이 사장에게 전화를 한다. 사정을 말하자

"좋게 끝내라. 어차피 벌어진 일 아니냐."

"저도 그렇게 생각하고 있었어요."

그렇게 정 약사만 채용을 하고 약국을 경영해 나간다. 그것은 흡사 큰 파도를 이겨 내고 더 멋진 항해를 하는 항해사의 배와 같았다. 무수한 파도를 이겨 낸 항해사만이 가장 잘 항해하는 법을 터득하듯이, 장 약사도 새로운 약국의 경영을 점차 깨달아 가고 있었다. 부드러운 눈웃음을 지으며, 그만의 스타일을 만들어 가고 있었다. 그런 일이 있은 후 장사기는 이 사장을 형님이라고는 부르지 않지만, 정성껏 모신다. 그러나 이 사장은 장사기에게 거리를 두고 돈 잘 쓰는 허세에게 자꾸 다가간다. 하루는 허세를 만나

"내가 새로운 세상을 보여 줄까."

"무슨 새로운 세상."

"구로디지털역으로 가자."

"좋아요."

역 근처에 성인 콜라텍이라고 간판이 크게 적혀 있었다. 근처에 그런 간판이 두세 군데 되었다. 안으로 들어가자 옷 놓는 옷장도 있고 음악도 크게 나왔다. 점점 안으로 들어가자, 아줌마들이 춤을 추고 있었다. 남자들은 거의 대부분이 콜라텍에 상주하는 직원 같았다.

"여기서 추는 춤은 지루박, 부르스, 자이브, 트로트, 차차차, 탱고와 왈츠 등인데 아줌마들이 이 춤 추면 그냥 미쳐. 이쪽으로 오면 남자와 여자가 춤추다 배고플 때 돈을 내고 음식을 먹는 식당이야. 식당 음식값도 싸. 입장료라는 것이 있는데, 천 원이야(요즈음은 올라 2천 원이다. 물가가 올랐다). 그러니 아줌마들 재미있게 살 빼고 즐기는 거지."

"이런 데가 있는 줄 어떻게 알았어요."

"나의 느낌으로 아는 거지."

"영등포로 가 볼래. 거긴 더 많아."

영등포로 가자, 구로는 비교가 안 되었다. 허세가 거기 있는 제비족들의 관상을 보니, 눈이 사모님들 돈 빼앗아 먹으려고 발악을 하는 눈빛이었다. 요즘 제비가 '쩩, 쩩' 하고 안 울고 '사모님, 사모님' 하고 운다는 말이 이해가 갔다.

"그런데, 이 춤들은 여자는 쉽게 배워. 남자가 배우는 데 오래 걸려. 남자가 여자를 다 리드해야 돼."

그러면서 한 아줌마를 잡고 한동안 춤을 허세에게 보인다.

"잘 추지."

하면서 자랑을 한다. 그러면서 미인인 사모님을 아는 척하자, 글쎄 이 사장에게 인사를 했다.

"다 나를 거쳐 간 사람들이다."

"어디서 배웠어요."

"김 마담에게 배웠지."

"그래 짧은 시간에."

"사실은 나도 학원 가서 배워서 추는 거야. 돈 좀 들었다. 본전 뽑아야지."

"어휴. 정신 차려. 그게 재밌어요. 나는 재미없을 것 같은데."

"돈을 버는데 재미가 없겠냐. 니는 젊으니 배우면 아줌마에게 인기 많겠다. 배워."

"정신 차려. 어떻게 하다가 이리로 빠졌어."

"요즘에는 주민 센터에서도 이 춤을 가르쳐 준다고 하더라. 이거 경건한 춤이야."

"경건하긴 뭐가 경건해."

"여기까지 왔는데, 김 사장님 좀 불러내자. 자악관으로 가지 뭐."

허세가 전화를 하자, 김 사장이 영등포로 온다. 택시에서 내리자마자

"허세 데리고 어디 갔다 오는 거야."

"알면서 뭐 그래요."

"그런데 데리고 다니면 못 써."

허세가

"김 사장님도 춤 좀 배우죠."

"나는 몸치라서."

박 사장이

"자악관이나 가요."

자악관으로 가자, 조용한 음악이 흘러나왔다. 더운 여름에 에어컨 바람이 나오니 놀기 좋았다. 아줌마들도 많았고 아저씨들도 많았다. 주위를 들러 본 이 사장이

"오늘 느낌 좋은데요."

"이 사람아 바람 좀 잡지 마. 더운데 머리 아파."

"저기 아줌마들만 있는 데가 있는데 저리로 가 같이 놀까요."

갑자기 작은 눈이 커진 김 사장이 여자라고 그러니, 사족을 못쓴다. 합석한 세 사람 중 이 사장이

"우리가 술값은 낼 테니, 같이 놉시다."

"좋아요."

먼저 이 사장이 제일 품위가 있어 보이는 아줌마를 데리고 나가 춤을 추자, 아줌마들이 놀라 입이 딱 벌어진다. 이 사장의 춤 솜씨에 놀랐던 것이다. 김 사장은 내 스타일의 여자를 이 사장이 먼저 찍자, 기분이 영 언짢은 모습이었다. 그렇게 노는데 아줌마들이 노래방을 가자고 했다. 근처 노래방으로 간다. 노래를 하는데 아줌마 중 한 명이 「애인 있어요」를 부른다. 심취된 표정으로 가사 하나하나를 음미해 부르기 시작한다. 자기에게도 애인이 있다는 듯이 애인이 생겼으면 좋겠다는 듯이 감미롭게 불렀다. 실제 노래 가사는 그런 의미가 아니지만 말이다. 요즘 아줌마들에게 애인 없는 여자 없다고 하더니 만, 그러면서 마지막에 아줌마들이 "애인 있

어요."라고 합창으로 소리 지른다. 집으로 돌아온 허세는 '요 근래 벌어진 일이 도대체 왜 일어났을까?' 하는 의구심이 들었다. 아침에 허세는 은정이 누나네 가게로 간다. 가게는 간판을 바꾸고 있었다. 은정이 누나는 장사가 잘되질 않자, 천숙이 누나가 하던 가게 이름을 바꾸고 점쟁이가 지어 준 이름으로 장사를 하였다. 용한 점쟁이 이어서인진 몰라도 가게에 손님이 점점 늘어나고 있었다. 호프집에서 실내 포차로 영업도 바꾸었다. 은정이 누나는 너무 바빠, 허세가 가도 인사만 할 뿐 정신이 없었다. 상진이 형이라는 사람이 은정이 누나를 도와주고 있었는데, 허세와 말이 잘 통하는 형님이었다. 허세가 가면 반겨주고, 좋은 말도 해 주었다. 같이 술을 마시면서 이 얘기 저 얘기 하는데, 허세가

"성태가 한때 전라도 건달이라네요."

"성태 겐 나에게 안 돼."

"성태가 나이가 어려서 빠를 걸요."

"싸움할 때 말이야. 왼쪽으로 미는 척하다가, 오른쪽으로 밀면 다 넘어가. 그다음은 너 상상에 맡기겠다. 그리고 상대가 나와 비슷한 적수다 싶으면 눈을 때려. 눈을 때리면 꼼짝 못 해."

"여기가 깡패 교습소에요. 그런 것을 말하게요."

그렇게 상진이 형과도 정이 들기 시작한다. 그렇게 은정이네 누나 집을 다니다가 오랜만에 김 사장과 이 사장을 만난다. 김 사장의 얼굴이 안 좋아진 걸 보자

"주식 해요."

"묻지 마. 이 사장, 나 이거 주식 알다가도 모르겠어. 외국인들이

이거 사면 내리게 하고, 저게 팔면 올려놓는다. 심심하면 안중에도 없는 주식을 올려놓거나 올라가 있는 주식을 또 언제 내려놓는질 모르겠어. 도무지 외국인들의 장난을 따라갈 수가 없어요."

얘기를 듣고 있던 이 사장은 모든 것을 다 안다는 듯이 '흠, 흠' 그러면서 달관한 표정을 짓는다. 그러면서 씩 웃으면서

"김 사장님. 그래서 저는 요즘 주식을 안 합니다. 널뛰기 장세에서 왜 합니까!"

"초단타가 있잖아요."

주식에서 손을 뗀 허세는

"형님들, 제가 9개월 정도 해서 30~40% 수익을 냈잖아요. 저 그 때 6시간 자고 공부했고 운도 따라 주었어요. 주식은 허망하다는 것을 느꼈습니다. 주식을 하지 마세요. 노력대비 돈을 벌 수가 없어요. 그럼 언제 하느냐. 첫째 좋은 주식 종목의 정보를 얻었을 때, 둘째 주식이 진짜 호황일 때, 셋째 분산투자가 아니라 이거다 싶은 종목-물론 찾기는 힘들지만-에 몰 빵을 하는 것입니다. 그러니 대기업 다니는 친구들이 정보가 있기 때문에 돈을 버는 것입니다. 그리고 우리나라에서는 장기 투자가 안 됩니다. 올랐다 내렸다 하는데 어떻게 장기 투자가 됨미까. 북한이 있는데 무슨 일이 일어날지 어떻게 압니까. 미사일···. 아시죠. 미국에서는 장기 투자가 통하죠."

두 분은 할 말을 잊은 채 멍하니 보고만 있었다. 김 사장님은 그 때 모르긴 몰라도 상당히 돈을 잃고 있었을 거라 허세는 생각하고 있었다. 조금만 내리면 팔아 버리니 말이다. '그 조금씩 잃는 액수가 얼마며, HTS로 주식을 안 하고 나이가 있어 직원에게 팔고 사

장사기

고하는 것을 맡기니 그 수수료가 얼만가.'라며 허세는 생각한다. 허세가 몇 번씩 주식 하지 말고 장사 하라고 권해도 용기를 못 내었다. 많이 잃다가 좀 벌면 동네 아줌마들에게 밥 사고, 그러니 남는 것이 있는가! 주식을 세상에서 가장 잘하는 것처럼 말하고 행동으로 옮기지만, 실속이 없었다. 실제로 많이 아는 것은 사실이다. 사람들이 많이 물었다. 그러면 가르쳐 주면서 자기가 팔 때라고 말할 때 팔아야지, 말을 안 들으면 한창 내려갈 때 말한다고 협박을 하곤 했다. 그즈음에 주식의 황태자인 것처럼 행동했다. 이 사장은 그런 김 사장의 수준을 인정하지 않았다. 주식에 대한 감각은 자기가 한 수 위라고 생각하고 있었다. 허세에게 항상 얻어먹으며 자기가 한 번 저평가 주를 고르면 몇백억 버는 것은 시간문제라고 말했다. 그러면서 돈을 벌면 허세에게 많이 쓰겠다며, 조금만 자기에게 돈을 더 쓰라고 했다. 그 말을 들은 허세는

"저평가 주식 중에 한 종목만 말해 봐요."

"정보인데 꼭 말해야 하나."

"나를 믿고 말해 봐요. 아무에게도 말을 하지 않을게요."

그러자, 한 종목을 말한다. 코스닥 주식이었다. 허세는 차트를 확인하고 재무제표를 읽어 본다. 분석이 끝나자

"그런 종목 가지고 돈을 번다고, 말도 안 되는 소리. 빨리 집에나 가요."

"나중에 올라. 두고 봐라."

이 사장은 여유를 부리며 자신 있어 하는 표정을 짓는다. 그렇게 돈을 쉽게 벌면 다 부자 되지. 또 다 잘 살면 무슨 재미가 있는가?

다양성 속에 선의의 경쟁하는 것이 아름답지 않을까? 그리고 이틀이 지나고 성태에게서 전화가 온다.

"허세, 요즘 어떻게 지내."

"요즘 은정이네 가게에 자주가. 상진이 형 알지."

"알지. 왜."

"그 형이 그러는데 형하고 싸우면 이긴다네."

"뭐. 내가 형, 형 하면서 불러 주니까. 나 참 같잖아서. 내가 합기도 3단인질 니는 알잖아. 그리고 내 주먹이 얼마나 크냐. 내가 키가 몇이냐. 목포상고 중퇴 아니냐. 조직생활을 한 내가 길거리 주먹 패와 싸워. 내가 니는 인정한다. 빠르니까. 그런 사람하고는 상대 안해. 농담 삼아 얘기한 거지. 오늘 은정이 누나 집에서 만나자."

"오케이. 지금 저녁 여섯 시인데 만나지 뭐."

"지금 내려간다."

그리고 은정이 누나 집에서 만난 뒤 맥주를 마시다 장사기 얘기가 나온다. 상진이 형이

"뭐. 장 약사가 약사 자격증이 없다고."

허세가

"장 약사는 무슨 장 약사요. 장사기라 그래요."

옆에 있던 은정이 누나가

"정 약사는 약사 자격증이 있고, 장사기는 약대를 나오질 않아서 약사 자격증이 없지."

"내가 약국 다 차려 주었는데 돈을 안 조요."

"그래, 그래 안 봤는데. 내가 받아 줄게."

"정말요. 그러면 반 형에게 드릴게요."

"아니, 준다고 했으면 주어야지. 남자가 왜 그래."

"글쎄, 말이에요. 오늘 술값은 내가 낼게요."

웬일로 성태가 낸다고 하자, 허세는 곁눈질로 성태를 본다. 많이 상기된 얼굴이었다. 못 받을 거라고 생각하다 전세가 역전되는 모양이어서 그런 것 같았다. 그날 성태는 몸을 못 가눌 정도로 술을 많이 마셨다. "장사기, 장사기." 하면서 노량진 거리를 비틀비틀 걸어 다녔다.

허세가 겨우 택시를 잡아 상도동 고개에 있는 아파트로 데리고 갔다. 그리고 허세는 원룸으로 와서 잠을 잤다. 점심때 즈음에 성태에게서 전화가 왔다.

"어제 일이 기억이 안 나."

"무슨 술을 그렇게 많이 먹어."

"허세, 어제 실수한 것 없어."

"없어. 목소리가 좀 커졌지. 그런데, 장사기 대학교나 나왔을까?"

"나도 자세한 것은 몰라. 초등학교나 나왔겠지. 국장님이 중학교를 보내 주겠어. 사동(使童)인데."

"고등학교는 나왔겠지."

"자세한 것은 몰라."

"영어로 처방전도 써 주곤 하는데. 한자도 많이 알아."

"서당 개도 3년이면 풍월을 읊는다."

"장사기가 서당 개구만."

"그렇다고 볼 수도 있지."

"그건 그렇고 저녁에 술 한잔하자."

"또 술을 마셔."

"마음이 괴롭다. 재미있는 얘기해 줄게."

저녁이 되자 은정이네 누나 집에서 술을 먹는데

"장사기에게서 돈을 못 받을 거 같다."

"힘내."

성태가 취기가 오르자,

"우 마담 보지에 살이 많아."

"야~아, 그런 얘기도 하나."

"니도 호색가면서 그러냐."

"아무리 호색가라도 그렇지. 부부에 관한 얘기는 하는 게 아니야. 비밀에 부쳐야 돼."

"우리 사이에 비밀이 어디 있어."

"진짜 구제 불능이다. 형"

성태가 술을 너무 많이 먹은 걸 안 허세는 우 마담에게 전화를 해 내려오게 한다. 술을 너무 많이 먹어 둘이서 부축을 해야 했다. 짧은 거리지만 택시를 타고 온 우 마담은

"무슨 술을 이렇게 많이 먹어. 내가 불러내지 말라 그랬잖아. 허세는 많이 안 먹었네."

"나는 많이 안 먹잖아."

"요즘 강남에서 논다며."

"돈이 있어 강남에서 놀게. 한 번 놀러 갈게."

그렇게 성태를 보내고, 잠시 담배를 피운다. 희뿌연 연기 사이로

장사기

허세는 고독에 잠시 빠진다. 대학 졸업하고 서울 올라온 지도 7년의 세월이 흘렀다. 아무리 지금이 포스트모더니즘이라지만 이 시대를 지탱할 힘이 없었다. 시대의 분석이 없어서인가? 시대와 더불어 살아야만 하는 Identity(정체성)이 부족해서인가? 고독의 실연이 아픔으로 다가온 허세는 긴 한숨만이 그를 반겨주었다. 그가 사랑하는 로티[05], 그가 좋아하는 벤야민[06]도 지금은 그의 뇌리에 남아 있지 않았다. 단지 포스트모더니즘과 함께 호흡해야만 하는 강박감이 그를 휩싸고 돌았다. 새로운 건축운동의 총칭으로서 일반화되어 철학 사조에 도입된 포스트모더니즘이 허세는 두려웠다. 발맞추어 가기가 어려웠다. 아무리 사랑하는 시대사조라도 힘든 진실의 제스처였다. 푸코[07]의 에피스테메-근대(사상)사에 몇 개의 균열을 지적하고, 각각의 시기의 다양한 지(知)를 상호 간에 관계시켜한 가지로 성격지우는 심층장치-도 데리다[08]의 차연의 유희도 그가 포용하기에는 너무 벅찼다. 그에게는 지금 아무런 존재도 남아 있지 않았다. 다만, 노동의 대가로 땀을 흘려, 그만큼의 정직한 돈을 버는 농부만이 그의 생각에 자리 잡고 있었다. 일제 시대에 낮에는 일하고 밤에는 공부해서 동경에서 대학교 기계과를 나오신 아버지. 죽는 순간, 그날까지 일을 하신 아버지 -내일 지구가 망해도 인삼의 딸을 심겠노라고 외쳤던 아버지- 아버지만이 그의 영웅

---

05  로티: 포스트모던 철학자, 철학의 문학화
06  벤야민: 포스트모던 철학자, 복제 예술론
07  푸코: 포스트모던 철학자, 포스트모던의 선구자(프랑스 철학자)
08  데리다: 포스트모던 철학자, 차연의 사상

으로서 뇌리에 남아 있을 뿐이었다. 새롭게 삶을 개척해야 한다는 강박관념이 그를 강하게 인도하고 있었다. 그러기 위해서 이사를 가야겠다는 생각이 들었다. 모든 노량진에서의 인간관계를 끊고 젖과 꿀이 흐르는 곳으로 가야겠다는 상념이 들었다. 물론 그것이 쉽지 않다는 것을 허세는 느끼고 있었다. 성태가 계속 만나자고 할 것이 뻔했다. 그러나 허세에게 있어서 성태는 너무나 필요로 하는 필요충분조건이었다. 허세는 성공을 위해서, 그의 낭만적 휴머니즘을 위해서, 새로운 공통분모를 가지는 인간관계가 필요했다. 다시 말하면, 새로운 변곡점(Inflection point)을 찍으려고 바동거렸다. 초등학교 친구들이 생각났다. 천진난만하게 매일 운동만 하고 신나게 놀던 시절. 공부를 안 해도 못 해도 행복했던 시절. 그때의 친구들과의 우정이 생각났다. 그 친구들은 어디에서 무엇을 하는지….

지금 생의 방황과 치열하게 싸우고 있었다. 허세는 줄담배를 피우며, 잠시 앉아 마지막 명상을 마친다. 며칠 뒤 약국에 가자, 웬 나이 많은 노인과 나이 든 여자가 있었다.

"누구야."

"국장님 친구 약사분과 스카웃한 여자 약사분."

"약국에 너무 약사분이 많지 않아."

"크게 하려면 이 정도는 되어야지."

여자 약사가 허세에게 말을 걸며

"좋은 유산균약이 있어요. 미국산이에요. 드셔 보실래요. 좋아요."

"하나 주세요."

장사기에게 몰래

"그럼 이윤은 누가 가져."

"약사님도 좀 먹고 나도 좀 먹고."

그 뒤 집에 와서 먹기 시작한다. 그때 김 사장이 만나자고 전화가 온다. 삼거리에서 만나 이 얘기 저 얘기 하는데.

"나 유산균 샀다."

"저도 샀어요."

"똥이 자주 잘 나오지."

"맞아요."

"너 그런데 얼굴이 안 좋다."

"감기 걸려서 그래요."

"빨리 병원에 가. 많이 얼굴이 안 좋아."

처방전을 들고 허세는 약국으로 간다. 처방전을 장사기에게 준다. 앞에 국장님 친구가 있자.

"안녕하세요."

"자네, 나에게 인사하지 마."

허세는 그런 소리를 처음 듣자, 욕을 하려다 참는다. '뭐 저런 개뼈다귀 같은 놈이 다 있어. 인사를 하는데 하지 말라니. 저게 인간이야.'라고 생각한다. 그 뒤 약국을 한참 가지 않는다. 나중에 김 사장과 약국에서 만나기로 한다. 둘이 앉아 있는데 여자 약사가 집에 가라고 한다. 어이가 없어 둘은 집으로 간다. 김 사장 아파트로 온 허세는

"약국이 왜 저래 변했어요."

"집에 가라니, 그게 말이 되는 소리냐."

"약국 곧 망하겠다."

그 소식을 들은 장사기는 여자 약사를 쫓아낸다. 그런데 국장 친구는 보내지 않는질 그 이유를 몰랐다. 나중에 성태에게 술을 사주고 안 사실이지만, 명소가 데리고 온 약사였다. 오는 약사들 전부 명소가 데리고 온 약사라는 걸 알았다. 그만큼 장사기는 치밀했다. 여기 거짓말은 저기에서 붙이고 저기에서 거짓말은 여기에서 붙였다. 매일 허세는 장사기에게 놀아났다. 명소도 마찬가지였다. 얻어먹을 때만 아부하고 허세를 이용했다. 하루는 명소가 약국 앞에 있자.

"명소 살기 싫어."

"왜."

그러자 명소의 볼을 때리고 배를 집어 찼다. 명소는 꼬꾸라져 살려달라고 빌었다.

"이젠 약국 앞에 나타나지 마라."

"알았어. 살려 조."

그 뒤 명소는 약국에 나타나질 않는다. 허세가 두려웠기 때문이었다. 그즈음에 성경책도 거의 다 읽어 가고 있었다. 더욱 박차를 내어 정독으로 1회독을 한다. 잠시 시간을 내어 기도를 하다가 나의 마음(일기장)에 "역사 나에게 사랑을 가르쳐 주었다."라고 적는다. 그리고 또 나의 마음에 "진리는 알고 나면 간단하나 깨닫기 어렵고 비판받기 쉽다."라고 적는다. 허세는 대학 때부터 매일 일기를 쓰지 않고 특별한 날이 있을 때 꾸준히 써 왔다. 허세의 일기는 그의 마음이 고스란히 담겨 있는 자서전과도 비슷했다. 시간 있을 때 읽으며 허세의 마음을 가다듬기도 했다. 허세는 이때쯤 또 한 가지를 깨닫기 시작한다. 신은 지혜를 한 가지씩 준다는 것이다. 절대 두 가지를 한 번에 주지 않는다는 것이다. 한 가지를 주고 해결하면 또 한 가지를 준다는 지혜를 깨달았다. 그런 일이 있은 후에 허세는 이 사장에게 전화를 했다.

"잘 지내요."

"잘 지내지. 니가 오랜만에 웬일이냐."

"궁금해서 전화했지."

"한번 만날까. 할 말도 있고. 영등포에서 만나자."

"좋아요."

영등포로 간 두 사람은

"허세, 얼굴 좋아졌는데. 그동안 성경책 읽었어. 수양 좀 했는데."

"농담도."

"아니야, 좋아졌어. 그런데 말이야. 나 500만 원 벌었다."

"어떻게요."

"춤 한 번 춰 주니까 주더라."

"거짓말하지 마세요."

"아니야. 내가 너에게 왜 거짓말을 해."

상황을 보니 거짓말 같지가 않았다.

"통장 봐."

통장을 보여 준다. 500만 원이 찍혀 있자, 낌새를 챈 허세가

"그 돈 돌려줘. 잘못하면 그 여자에게 잡혀 살아. 왜 돈을 주겠어. 안 봐도 뻔해."

"준 돈을 어떻게 돌려주냐. 준 사람 민망하게. 못 줘."

그렇게 옥신각신하다 둘은 헤어진다. 당장 허세는 김 사장의 아파트로 간다. 사정을 얘기하자

"나도 그 얘기 알고 있어. 돈 돌려주라고 그랬지. 큰 일라. 세상이 얼마나 무서운 세상인데. 돈 준 이유가 모두가 알잖아. 자기와 사귀자는 거겠지."

그렇게 둘 이가 막무가내로 말리자, 이 사장은 돈을 돌려준다.

"김 사장님과 허세 때문에 500만 원을 날렸잖아."

"그 후폭풍은 어떻게 하려고요."

"세상 여자들은 다 내 거야. 너 그거 모르냐."

"알~고. 까분다. 이 사장 내가 당신보다 인생 선배야. 나 그런 여자 많이 봤어."

그렇게 얘기하다가 헤어진다. 허세는 '그런 여자 많이 봤다'는 김 사장의 얘기를 떠올리며 '세상이 참 무섭다'는 생각이 들었다. 잠시 음악을 듣고 잠을 잔다. 아침에 일어나 일찍 약국으로 간다. 장사기가 열심히 컴퓨터를 들여다보며 호기심 있는 표정을 짓는다.

"뭐해."

"잠시만. 이메일을 읽고 있었어."

"무슨 이메일."

"서 약사에게서 온 이메일."

"연락해."

"응."

'이게 수준은 높아 가지고, 명문대 나온 여자랑 이메일을 주고받

으니 좋겠다.'라는 생각이 들었다.

"이메일 주소를 주고 갔어."

"응."

"안 줄 건데."

"주고 갔어. 야~, 재미가 좋다."

"하와이에 있어."

"그렇지 뭐."

그런 뒤 얼마 안 있어. 서 약사가 하와이 셔츠를 보내왔다. 장 약사, 허세, 박 감독과 성태 것을 보내왔다. 편지도 각각 거 써서 왔다. 허세 것을 읽어 보니 '약국에서 지하로 가서 짐을 날라 주어서 고마웠다는 얘기를 하였다. 빨리 장가가라'는 말까지 있었다. 진짜 현숙한 여자였다. 요즘 보기 드문 여인이었다. 어떻게 일일이 편지까지 쓸 생각을 했을까? 아직도 노량진이 그리울까? 아니, 좋은 곳으로 갔으니까 그리워하지 않을 것이다. 장사기는 좋아 가지고 얼굴에 웃음이 그치지 않는다. 그런데, 성태는 별로 좋아하지 않았다. 마지막에 서 약사와 관계가 별로 좋지 않았다. 박 감독도 서 약사를 그리워할 줄 알았는데 별로 고 장사기와 허세만 좋아했다. 허세는 아직도 서 약사의 단아한 모습을 존경하고 있었다. 나이는 어리지만 일찍 철이 든 서 약사의 마음 씀씀이를 대단하게 생각하고 있었다. 그러다가 한날은 약국에 가니 웬 여고생이 있었다. 누구냐고 묻자, 장 약사가 딸이라고 했다. 허세는 국어 논술에 대해서 신문에서 읽은 대로 공부 방법을 가르쳐 주자, 딸이 계속 웃었다. 딸이 밖으로 나가자, 장 약사는 공부를 잘한다고 자랑했다. 자기가 딸과 대화를 하면 진다고 했다. "이것은 이거고 저것은 저 건데 아빠 생각은 어때." 이러는데 논리를 따라갈 수가 없다고 했다. 총명하게 생긴 딸은 나중에 명문대를 가게 된다. 장 약사는 허세에게 과외를 받았으면 농담으로 S대도 갈 수 있었을 거라 했다. 약국은 그렇게 나날이 발전했다. 정 약사는 장 약사를 계속 물심양면으로 도와주고 있었다. 정 약사의 성품도 아주 좋았다. 손님에게 친절하고 허세에게도 정성껏 대했다. 그런 정 약사를 허세는 좋아했다. 집이 중계동이었는데도 한 번도 지각을 하지 않고 성실히 일했다. 아이들이 있어 더 책임감이 있었다. 장 약사는 이상하게도 사람 복이 있었다. 그걸 허세는 어느 날 곰곰이 생각해 보았다. 갑자기 국장님이 사업을 하게 되고, 사업이 실패하고, 돈 때문에 약국을 장 약사에게 넘기고, 쉽게 약국을 얻어 국장이 되고, 약국이 잘되 쉽게 돈을 벌고, 좋은 사람들이 모여 도와주고, 일련의 과정들이 너무나도 리드미컬했다. 그것은 바로 장 약사 부인의 기도였다. 원불교를 믿는 장 약사 부인이 너무나도 순진하고 순수한 믿음으로 기도하기 때문이었다. 장 약사 부인은 오로지 장 약사를 믿고 두 딸을 훌륭히 키워내고 있었다. 정직한 마음으로 상대를 대하고, 좋은 마음으로 살아가기 때문에 모든 것이 잘 이루어지고 있었다. 그것도 모르고 장사기는 자기가 잘나서 모든 것이 되는 줄 착각하고 있었다. 자기도 운이 참 좋다고 말은 했지만 근원적인 이유는 알지 못했다. 그런 이유를 생각할 그릇도 못 되었다. 약 파는 스킬만 늘어서 잘 팔았다. 몇 번 약을 잘 못 팔아 손님에게 당하기도 하였지만, 노련한 기술로 그동안 배워 온 걸 써먹었다. 명소가 허세에게 맞고부터 도와줄 사람이 없었지만 그래도 다른 사람이 중매 역할을 했다. 명소는 아무리 허세에게 맞았지만 한 번을 약국에 오질 않았다. 허세는 말은 그렇게 했지만 허풍이 심한 명소가 조금 그리울 때도 있었다. 허세는 '명소는 무엇을 먹고 사나.'라고 생각이 들 때도 있었다. 그렇게 시간을 보내고 있는데, 장사기가 성태 가게를 가자고 했다.

"성태와 사이가 안 좋은데 왜 가."

"내가 요즘 좋아하는 아가씨가 있어."

"형수님 알면 어떻게 하려고."

"어떻게 아냐. 돈도 좀 벌었는데, 몸 좀 풀어야지."

"돈은 형이 다 내고."

"오랜만에 내가 내지."

그러면서 비싼 앰풀을 가지고 간다. 우 마담이 밖에 나와 기다리고 있었다. 안으로 들어가라고 했다. 장사기 몰래

"우 마담, 성태와 장사기가 이렇게 사이가 안 좋은데 어떻게 생각해."

"남자들끼리 있었던 일을 안사람이 상관할 일이 아니지. 나와는 관계가 없어."

"그래."

듣고 보니 그랬다. 조금 있자 예쁜 아가씨가 왔다. 보는 눈 높은 허세에게도 확 들어왔다.

"심양입니다."

"초면입니다."

장사기가 앰풀을 주자, 마신다. 술이 좀 들어가자, 허세가 바람을 잡는다.

"누구는 강남에 30평 아파트 사 주는데, 저렇게 예쁜데 30평짜리 아파트 사 줘."

갑자기 아가씨가 눈이 동그래지며, 총기 있는 눈으로 장사기를 바라본다. 술이 계속 들어가자. 갑자기 아가씨가

"약사~."

그러며, 장사기에게 키스를 한다. 아가씨가 허세가 보는 앞에서 딥 키스까지 했다. 허세가 바람을 잘 잡은 것이다. 장사기는 좋아하면서도 딥 키스가 부담스러웠는지 약간씩 뒤로 빠졌다. 그날 밤 장사기는 뜨거운 밤을 보냈다. 그다음 날 약국에 가자, 장사기는 콧노래를 부르고 있었다. 잠을 덜자 얼굴 피부는 거칠었지만, 눈동자는 즐거움에 가득 차 있었다.

"좋았어."

"뭘 그런 걸 물어. 바람 잘 잡데."

"내가 그런 건 선수지."

장사기는 비싼 드링크를 허세에게 준다. 허세는 드링크를 마시고 은정이네 누나 가게로 간다. 상진이 형이 반갑게 맞아 주었다. 상진이 형이 술을 좀 먹었는지, 얼굴이 상기되어 있었다.

"니도 결혼해."

"해야 조."

"나도 늦게 결혼했어. 사는 게 뭐 비슷비슷해. 알콩달콩하게 살다가 육십까지만 살면 돼. 더 오래 살아서 뭐해."

"육십은 더 넘게 살아야죠."

"아니야. 육십이면 충분해. 아직도 장사기와 어울린다며."

"예."

"니도 정신 좀 차려라."

그때 김 사장이 가게로 들어왔다.

"허세가 여기 있다고 해서 왔지."

"호구조사 하러 다녀요."

"다른 게 아니라, 증권회사를 바꿔 등록을 해야 돼. 좀 도와 조. 이 사장은 약국에 있어. 같이 가자."

같이 가서 등록을 하는데 허세가 끙끙 앓으며 작업을 하자, 이 사장이

"젊은 사람도 힘들어하는데, 우리가 어떻게 하냐."

이 사장이 자기 집으로 가자, 김 사장이

"오늘 장사기랑 북창동에 갈까."

"이 사장님도 같이 데려가지 왜 그랬어요."

"이 사장도 가고 싶겠지. 그런데 돈 때문에 부담스러워하지. 신세 안 지려고 하지."

밤이 되자, 세 사람은 북창동의 초이스 클럽으로 간다. 소현이가 마중을 나와 허세를 맞이한다. 술이 들어가자, 허세가 소현이에게 이야기를 한다.

"소현아 시집 가라. 니는 이런 데 일하는 애처럼 보이질 않는다."

소현이는 아무런 대꾸도 안 하고 계속 듣기만 한다.

"딸이 이런 데서 일해도 가만있을 거야."

"머리카락 다 뽑아 버리죠."

그러자, 허세는 소현이의 등을 토닥여 준다. 술이 더 들어가면서, 전부 취해서 정신이 없었다. 갑자기 허세가 노래를 크게 불렀다. 전부 놀라 정신을 차렸다.

"어느 여류시인이 '포스트모던하게 미치고픈 오후'라고 했는 데…."

라며 웃통을 벗고,

"우리는 포스트모던하게 미친 밤을 보내고 있어."

모두가 소리를 지르며, 광기의 굉음을 지른다. 인생 끝 장판의 아름다운 항변이었다.

# 새로운 사상과
# 노량진에서

# 포스트휴먼

역사에서 역사로
역사로 역사에서
데카르트의 이원론(정신/물질)이 무너지고
인간중심적 이원론이 극복되는 이 시점에서

미세먼지, 에너지 위기, 식품 및 농업 위기, 플라스틱 쓰레기, 인수 공통 전염
병, '4차 산업 혁명'으로 불리는 과학 기술의 변혁 등은 모두 '하이브리드적'
현상의 일종으로, 자연/사회, 비인간/인간의 이분법에 기초해서는 더 이상
제대로 이해하거나 해결할 수 없다.

사상에서 사상으로
사상으로 사상에서

새로운 우리의 주장
바로 나의 사랑 수리형이상학
순수하게 형식적인 수학의 기호들: 우주의 탄생, 지구의 형성과 같은 사건들
은 항성 발광이나 방사성 동위 원소 등의 증거를 통해 수학화할 때에만 인간
적 세계 바깥을 향하는 가설이 된다. 인간과 무관한 실재를 포착하는 수학의
역량은 우리를 '거대한 바깥'으로 되돌려 보낸다.

사상에서 사상으로
사상으로 사상에서
순수하게 형식적인 수학의 기호들로
신의 세계를 증명할 수는 없을까?


역사에서 역사로
역사로 역사에서


-포스트휴먼은 모든 것과의 공존이다-

＊＊＊

　　그리고 세월은 많이 흘렀다. 정말 많이 흘렀다. 노량진의 공기도 변하고 사람들도 많이 변했다. 변하지 않은 것이 있다면 약국, 바로 약국이었다. 장사기는 부인이 해 주는 밥으로 밥값도 안 들고, 굳이 업무 보는 아가씨도 필요 없었다. 부인이 업무를 대신 봐 주기 때문이었다. 돈도 안 들고 공무원 공부하는 사람들은 점점 더 많아지니, 약국 손님은 많아져 갈수록 걸음걸이가 팔자 자세가 나온다. 웬만한 사람은 눈에 들어오지도 않았다. 노량진에 새 부자가 생겼다는 말이 떠돌았다. 이 쥐새끼처럼 관상이 변한 장사기가 어떤 인생의 판을 짜려고 겁 없이 노량진을 좌지우지(左之右之)하는 줄 몰랐다. 성태도 참 단순하였다. 그렇게 원수처럼 항변하더니, 장사기에게 돈 받는 것을 이야기하지 않았다. 먹물을 먹어봤어야지. 그 물에 그 물이었다. 허세도 그동안 이사를 갔다. 이 사장이 방을 소개시켜 준 곳으로 갔다. 그 집은 여름에 시원하고 겨울에는 따뜻한 집이었다. 비염 고치는 의사는 노벨상이라고 들었는데, 아프지 않았다. 방이 그래서인지, 아니면 허세의 체질이 좋아서인질 모르지만 감기도 안 들고 코도 아프지 않았다. 물론 이사 후 처음부터 비염이 좋아지지는 않았지만 이년 정도 지나자 낳았다. 허세는 새로운 동산에서 그만의 책 읽기와 신념에 싸여 행복한 나날

　　　　　　　　　　　　　　　　　　　　　장사기

을 보내고 있었다. 친구가 없어 좀 외롭기는 하였으나 독서에 빠져
있어 그럴 틈도 없었다. 완전히 샌님이 되었다. 글을 읽다가 지치
면 동네 한 바퀴 산책하고 오고 하는, 그런 반복된 생활을 하였다.
주위의 바쁜 곳에서 방안의 한가로움을 산책했다. 그런데 어느 날,
김 사장에게서 전화가 왔다.

"노량진으로 올 수 있냐."

허세도 심심한 차에

"가죠, 뭐."

노량진에서 만나자, 김 사장이

"나, 이혼했다."

"예?"

놀라며 의아한 표정을 짓는다.

"왜요."

"두 가지 이유야. 첫째, 주식을 해서 돈을 많이 잃었다. 둘째, 여
자관계가 복잡하다."

"그런 걸로 이혼을 하는 형수님이 아닌데."

"맞아. 그런 이유로 이혼 안 하지."

"정신 차리라고 그런 거 아니에요."

"아들이 그러는데 니가 말한 것과 똑같아. 정신 차리면 다시 결
합하겠지."

"사는 아파트는 어떡해요."

"팔고 반반 같기로 했고. 연금 달라고는 안 하더라."

"수원 땅은요."

"그건 나중에 말할 게. 복잡하다."

"어디 살려고요."

"고시원으로 갈려고."

'이게 무슨 바람이야. 수원 부자가 고시원으로 가서 살아.'라고 생각한다.

"아무에게도 말하지 마라. 말하면 화낸다."

"예."

그러면서 약국으로 먼저 허세가 들어간다.

"김 사장, 이혼했데."

장사기가

"뭐. 정말."

"쉬, 쉬 들어온다."

약간의 긴장이 돌다가, 허세가 분위기를 전환한다.

"성태 형 요즘 안 오나."

김 사장이

"그놈이 여기를 왜 와."

장사기가

"다른 얘기 좀 해. 머리 아파."

"명소는 내가 때려서, 여기 못 오게 했지."

"그래. 전화해도 안 받고 전화도 안 와."

"그게 형 좀 도와주고 술 얻어먹으려고 그랬지. 손해 보는 장사를 하겠어. 둘 사이의 깊은 내막은 나도 잘 모르지만….'

"깊이 알지 마. 이젠 안 만나는데 뭐."

장사기

그 무렵 성태는 북창동의 가게가 잘 되질 않아서 까치산역 근처에 노래 빠를 차렸다. 성태도 살기가 퍽이나 어려웠던 모양이었다. 하루는 성태가 약국 근처에서 술을 먹다가, 술 깨는 드링크를 사러 약국에 갔다.

"여기 왜 왔어. 나가."

"드링크 사러 왔는데, 손님 거부한 걸로 경찰에 신고해."

그러면서 나간다. 장사기는 한 참 고민을 한다. 친구에게 전화를 하고 안절부절못한다. 그리고는 성태에게 전화를 한다.

"요즘 가게 어디 있어."

라고 하며 전화를 끊고 친구와 함께 성태 가게를 간다. 성태가 경찰에 신고할까 봐 겁이 났던 것이다. 장사기가 술을 마시며 있는데, 조금 있다가 성태가 도착했다.

"형, 내가 잘못했어."

라며 장사기에게 사과를 한다. 성태도 참 단순하였다. 그렇게 욕을 하더니 매상을 올려 주니 사과를 한다. 에이 못난 놈. 그리고 그 다음 날이 되었다. 갑자기 허세에게 전화가 왔다.

"허세, 난 데."

"왜요."

"성태의 가게에 갔다 왔어. 돈을 많이 뿌리고 왔어. 성태가 사과 하더라."

"잘했어요."

그리고 전화를 끊는다. 당장 성태에게 전화를 한다.

"야, 이 새끼야. 니는 자존심도 없어. 몇 푼 팔아 주니 그만 마음이 녹아 가지고."

"아니야. 내가 사과는 했는데. 근원적인 내 마음은 변화가 없어. 끝까지 받을 거야."

사실 그만큼 성태는 돈에서는 약한 동물이었다. 돈 앞에서는 꼼짝을 못했다. 말로는 끝까지 자존심을 지킨다고 허세에게 맹세를 하지만, 또 장사기가 술과 여자를 팔아 주면 마음이 변할 것이 분명하였다. 그것을 가장 잘 아는 놈이 바로 장사기였다. 은근슬쩍 대항하다가 불리하면 여차 없이 그런 전술을 구사한다. "전략은 대범하게 전술은 세심하게."라는 글이 있듯이 전략과 전술을 능수능란하게 장사기는 구사하였다. 성태를 데리고 놀았다. 성태 주변에 김 사장과 허세가 있으니 그나마 덜 이용당했다. 계속 성태에게 조언을 해 주었기 때문이었다. 장사기의 속성을 가장 잘 아는 사람은 허세가 아닌 김 사장이었다. 연륜에서 우러나오는, 사람을 많이 겪어 본 김 사장은 장사기의 본질과 속성을 가장 잘 알았다. 처음에는 장사기와 성태 사이를 줄타기하다가 조금씩 성태에게로 마음이 옮겨지고 있었다. 장사기의 피비린내 나는 냄새가 역겨웠기 때문이었다. 그렇다고 김 사장이 순수하냐? 그런 것은 아니었다. 김 사장도 험난한 세상에 이골이 나 있었다. 약을 대로 약아 있었다. 허세도 그것을 간파하고 있었다. 허세도 중립을 지키다가 매일 당하는 성태가 불쌍해 조금씩 다리를 성태에게로 옮기고 있었다. 허세는 도대체 성태의 심성을 알 수가 없었다. 그렇게 죽일 듯이 미워하다 가도 금세 마음이 변하는 이중성을 알 수가 없다는 것이었다. 그것은 우 마담만이 알고 있었다. 옛날에 그렇게 크게 룸살롱을 경영하다 IMF로 작게 경영하다 보니 돈이 적게 들어오자, 돈에 이골이 나 있었다. 매일 이런저런 방법으로 돈을 모으려고 애를 썼던 것이다. 성태는 그 자체가 돈이 문제였다. 돈 앞에서는 무릎을 꿇으라면 꿇을 놈이었다. 그 점에서는 장사기와 앞면 동일하였다. 장사기는 더하면 더하지 모자라지는 않는 동물이었다. 그런 둘 이가 돈 앞에서 붙었으니 참 기가 막힐 노릇이었다. 허세는 누가 이기라고 응원할 수도 없는 입장이었다. 예전처럼 사이좋게 지내기를 바라고 있었다. 그런 둘은 무섭게 모든 것이 진행되고 있음을 간파하고 있질 않았다. 장사기는 형으로서 양보하는 것이 지는 것이라고 생각하고 있었다. 자기의 마지막 남은 자존심을 허무는 것이라고 생각하고 있었다. 그러나 장사기는 긴장하고 있었다. 진영이가 무섭게 자라나고 있었기 때문이었다. 키도 많이 커지고 공부도 전교에서 몇 등 안에 들기 때문이었다. 자라서 무엇이 될지 예상치 못하기 때문이었다. 어릴 때부터 조기교육을 받았기 때문에 머리가 명석하였다. 지금은 과학고등학교에 다니는데, 인근 중학교 전교 일 이등도 다 떨어지고 진영이는 전교 십 등 정도 했는데 컴퓨터 봉사점수 때문에 합격했다고 했다. 컴퓨터에 능해서 해킹 먹은 회사가 조치를 취하지 못하는 것을 직접 나서서, 해킹한 일본사람들과 접속해 해킹을 풀어 주곤 했다. 그러나 성태 말에 의하면 국어, 영어, 암기과목과 탐구과목에는 능하나 수학이 좀 약하다고 했다. 수학에 있어서 과외교사를 한 허세는 수학은 기출 문제 위주로 접근하며, 난이도 있는 시중 문제지를 좀 풀면 일 등급 나올 거라 조언을 해 준다. 성태 말에 의하면 우리나라 대표 대기업에 취직 요청을 제의받은 진영이가 그 후로 좀 방심을 한다고 조심스럽게 이야기했다. 이런 상황을 아는 장사기가 겁을 먹지 않을 수 없었다. 원수를 없애는 데는 옛말에 의하면 삼대를 없애라고 했는데, 그렇다고 삼대를 없앨 수는 없지 않은가? 상황이 참 재미있게 돌아가고 있었다. 허세는 그걸 은근히 즐기는 아주 나쁜 놈이었다. 그래도 김 사장은 둘의 관계를 안타까워하고 있었는데 말이다. 그런 후 허세도 노량진을 잘 가지 않았다. 이 사장이 가끔 연락 와 신림역에서 만나곤 했다. 하루는 신림역에서 이 사장과 만나고 있는데, 김 사장님이 이 근처에서 살고 있다고 전화하라고 했다.

"김 사장님 저 허세인데요. 나오실 수 있어요."

"어디야."

"신림역요."

"누구와 있어."

"이 사장."

"그 새끼 말도 하지 마."

"왜요."

"나는 이제 주식도 안 하는데, 매일 주식 얘기나 하고 영양가가 없어."

"그래도 옛날 우정이 있지요."

"만나면 니가 매일 돈 내고, 자기 돈은 안 낼 것 아니야."

"그건 그렇죠."

"전화 끊어."

전화가 끊기자, 이 사장이

"뭐라 그래. 다 안다 알어. 내가 그렇게 싫으냐."

"어떡하다 이렇게 됐어요."

"나도 그 사람을 별로 좋아하지 않아요. 코만 커 가지고."

"코주부가 예부터 다 부자들이에요."

"나도 그런 소리 들었다. 예외인 코주부도 있어. 예외 없는 법칙이 있냐."

"수원 땅이 있잖아요. 연금도 있는데."

"중요한 건 이젠 안 쓰잖아."

"안 쓰는데 왜 만나려고 그래요."

"옛정의 차원에서."

그렇게 이 사장과 맛있는 걸 먹고 집으로 돌아온다. 이 사장에 대해서는 전술했지만, 참으로 처세술이 뛰어난 사람이었다. 고등학교만 나온 사람이 사물에 대해서 깊이 알고 있었고 재산은 많지는 않았지만 어느 정도 먹고 살 정도는 되었다. 산도 있었다. 산에 대해서 김 사장에게 말했더니, 옛날 직장에 있을 때 낭떠러지로 떨어져 교통사고가 났는데, 회사 사장이 먹고 살라고 그 산을 주었다고 했다. 그때 교통사고로 몸 안에 심이 박혀 있다고 했다. 그리고 회사를 나왔다고 했다. 자기가 직접 입으로 얘기했는데, 회사 아가씨를 건드렸다고 했다. 그 아가씨가 시집갈 때 미안해서 혼수 일체를 해 주었다고 했다. 그래도 기본은 돼 어 있는 사람이었다. 외모도 아주 뛰어나지 않았지만 그래도 보통은 되었다. 거기에 춤까지 잘 추니 여자들이 빠지는 것이었다. 만나는 아줌마들 마다 혼이 빠지는 것이었다. 어떤 아줌마는 돈이 얼마 있는데 같이 살자고 떼를 쓰는 모양이었다. 직접 그 여자를 허세는 보았다. 외모가 괜찮아 보였다. 하지만 이 사장은 그럴 수 없었다. 가정이 있기 때문이었다. 이 사장은 가정만큼은 꼭 지켜야겠다는 신념을 갖고 있었다. 요즘 가정을 왜 면하고 잘 사는 남자들이 많은 데, 그런 부류에 속하지는 않는 모양이었다. 세상이 어떻게 돌아가려고 하는 것인지, 동방예의지국이 다 죽었다. 그런데 흥미진진한 일이 있었다. 허세가 성태와 김 사장을 불러 노량진에 모인 일이 있었다. 한참 이야기를 하다가, 김 사장이

"장사기가 구청 뒤 고등학생을 위한 학원 옆에 약국을 차렸나 봐. 어떻게 알았냐면 아는 사람이 약을 사러 갔는데 거기 서 있더라는 거야."

허세가

"그래서 요즘 약국 가도 장사기가 안 보였군."

성태가

"노량진 재벌이 됐어."

"재벌은 몰라도 신흥 부자는 됐지."

"국장님이 사업에 실패하고 전주에 약국을 차려서 약사 친구들 점심을 대접했는데, 점심값 좀 내어달라고 장사기에 전화하자, 돈이 없다고 일언지하(一言之下)에 거절했다지 뭐 야. 장사기를 어릴 때부터 키워 주었는데, 배은망덕(背恩忘德)한 놈이야."

"그런 일도 있었어."

계속 듣고만 있던 김 사장이

"이용가치가 없으면 탁, 탁, 탁 치다가 그냥 없애 버리잖아. 무서

운 놈이야."

"무섭긴 뭐가 무서워. 얼마나 잘 나가는 지를 두고 보겠어. 내가 작전을 쓰면 모든 것이 끝이야. 하 하 하."

"큰소리는, 아무것도 못 하는 주제에."

"허세야, 내가 아무것도 못한다고. 나도 생각이 있어. 가짜 약사인 것을 증명하려면 처방전 조제할 때 사진으로 찍어 가지고 오라더라. 면밀한 전략을 세워 접근해야 돼."

"그런데, 우리가 모여서 매일 장사기 얘기하는 것을 알까?"

김 사장이

"모르지. 모를 거야."

"몇 발자국만 나가면 약국인데."

"나도 큰일이다. 이 여름이 지나면 수박 나를 일도 없고. 무엇 하며 먹고 사냐."

한참 정적이 돌며, 모두 맥주만 마신다. 김 사장이 갑자기 무언가 뇌리를 스친 듯이

"성태야, 택시 모는 건 어떠냐. 택시드라이버는 사장이잖아. 니성격에 남 밑에 못 있을 거고. 자유로우면서도 보람도 있고. 야간운전은 돈도 좀 된다더라. 사납금만 채워도 월급이 나오잖아."

성태는 빈말을 주워듣는 듯이 하면서도 눈이 총총해진다. 허세는 그런 성태를 눈치채지 못하고 그냥,

"택시 해. 그게 좋겠다."

하며 한동안 웃는다. 이 자리에서 한 말이 결국은 열매를 맺는다. 나중에 성태는 결국 영화에도 나오는 택시드라이버가 된다. 그

럼 우리는 그 과정을 후술해 보자. 그런 만남이 있는 이후 성태에
게서 전화가 왔다.

"여보세요."

"형."

"교통회관에 볼일이 있어 왔는데. 소주 한잔하자."

"거기에 무슨 볼일."

"있다면 있는 줄 알아."

"와. 우리 집에서 가까우니. 그 먼 데서 여기가 어디라고."

"어떻게 가면 되냐."

허세는 '여차여차'하며 오라고 일러준다. 그렇게 소주를 한잔하
고 갈려고 한다. 성태는 술을 많이 마셨는지, 돈도 없으면서 택시
를 타고 노량진으로 간다. 그 뒤 6개월이 지난 나, 오랜만에 성태
에게서 전화가 왔다.

"어디 택시 타고 급히 고향 갈 일 없어."

"왜."

"싸게 가 줄게."

"뭘 싸게 가."

허세는 아직도 상황이 어떻게 돌아가는 줄 전혀 몰랐다.

"나 택시드라이버야."

"뭐. 그 힘든 택시를. 야간 운전이야."

"응."

'말로만 듣던 힘든 야간 택시를 운전하는구나.'라고 생각한다. 그
순간 왜 성태가 교통회관에 왔는지가 이해됐다. 그래서 김 사장에

게 전화를 한다.

"성태에게서 전화가 왔는데, 택시를 운전한대요."

"내가 택시 얘기를 했더니 하는구나."

허세는 그 얘기도 생각 안 났다.

"얘기를 했어요. 난 기억이 없는데."

"자네도 맞장구를 쳤지."

"기억이 안 나요. 그건 그렇고 이 사장과 신림역에서 만나요."

"통화했어."

"통화는 안 했고요. 제가 만나자면 나오잖아요."

"나는 그 사람이 싫어. 나이가 있는 사람이 매일 젊은 사람에게 얻어먹고 돈을 한 푼 안 쓰니."

"알았어요."

전화를 끊고 이 사장에게 전화를 한다.

"만나요."

"알았어. 신림역으로 와라."

"강남역에서 만나요. 중간이고 좋지요."

"조금만 더 와. 나도 생각이 있다."

"알았어요."

만난 뒤, 여기저기를 쏘다닌다. 그러다 오뎅을 먹으러 간다. 먹은 뒤 이 사장이 돈을 낸다.

"웬일이에요."

"내가 생각이 있다고 했지. 김 사장 불러."

"안 나올 건데."

"해 봐."

"김 사장님 허세인데요. 나오시죠. 신림역입니다. 이 사장님이 오뎅을 사네요."

"걔가 웬일이야. 뻔하다. 뻔해. 작은 것 사고 큰 것 얻어먹는다."

"주식 얘기 안 한 다는데요."

"안 돼. 이 사장과 헤어지면 전화해. 그럼 나가지."

그 얘기를 듣고 있던 이 사장은

"김 사장도 말세가 왔나 보다. 모든 사람을 사랑하라 그랬는데. 나는 모든 사람을 사랑해요. 나는 말세가 안 와요. 천국이 가까워 오는데…."

"어디서 주워들은 건 있어 가지고."

김 사장의 말 대로 오뎅을 사 주고 오징어 순대를 얻어먹는다.

"야. 살살 녹는다. 이것도 좀 먹어."

하며 특유의 부드러운 아부를 한다. 허세는 그것도 모르고 지갑에 돈이 나간다. 불쌍한 허세의 안타까운 처세였다. 모든 것이 잘될 거라 믿는, 이것이 나의 무기라는, 그 어떤 것도 나를 따를 수 없다는 항변이었다. 돈이 계속 남아 있을까? 한강 물은 말라도 자기 지갑에 돈은 마르지 않는다며 너스레를 떨곤 했던 허세는 어떤 함수로 존재해 나갈까? 미래에 대한 담보도 없이, 계획도 없이, 그렇게 생활해 나갔다. 그런 허세 때문에 엄마는 얼마나 속이 탔을까? 막내아들이 나이가 들었는데도 장가도 안 가고 매일 책만 읽고 직장도 없이 생활하니 말이다. 그 나름으로는 한우충동(汗牛充棟)을 꿈꾸니 말이다. 나이가 어릴 때는 야단도 치고 했지만 나이

장사기

가 찼을 때는 야단을 치지 않았다. 성인이니 알아서 할 것이라고 생각하고 있었다. 그러나 허세가 대학교 때부터 신문을 많이 읽어 좋은 병원이 나타날 때부터 신문을 스크랩해 놓아 잘 걷지 못하는 어머니를 병원에 모셔 걷게 만들었다. 그 병원만 갔다 오면 엄마는 날아갈 듯하다고 말씀하시곤 했다. 그러나 어머니도 노환이 돼서 점점 기력이 쇠퇴해지셨다. 그것을 안 허세는 돈을 벌어야겠다고 생각했다. 여기저기 학원을 알아보며 취직을 하려고 애써 본다. 나이가 있어 쉽지 않았다. '알바나 해야겠다'는 생각에 취직을 알아본다. 알바를 하면서 조금씩 벌이가 나아졌으나 큰돈은 벌지 못했다. 어머니를 모시고 맛있는 음식을 사 주어도 어머니는 장가가라며 허세를 다독거렸다. 결혼을 시켜야 부모의 책임이 끝난다는 것을 허세는 알고 있었다. 그러나 허세에게 있어서 결혼은 중요하지 않았다. 결혼을 안 해 효도는 못 하지만, 혼자 살아도 괜찮고 마음이 맞으면 동거나 계약결혼도 괜찮다고 생각하고 있었다. 세상의 반이 여자다. 또 반이 남자다. 짚신도 짝이 있다고 생각하고 있었다. 먼저 자신의 모든 것을 완성체로 만든 다음에 그 완성체에 어울리는 여자를 찾아야겠다고 생각했다. 결혼은 딱지다. 성경책 고린도전서 7장 2절에서는 "음행을 피하기 위하여 남자마다 자기 아내를 두고 여자마다 자기 남편을 두라."라고 말한다. 일리가 있는 표현이지만 요즘 결혼한 남자와 여자가 애인을 두고 있는 경우가 많지 않은가! 왜 딱지를 떼는가! 결혼이라는 딱지가 붙으면 딱지에 맞는 행동을 해야 한다. 어떤 작가는 "독신으로 수 만권의 책을 남기는 것보다 결혼해서 2세를 만드는 것이 훨씬 뛰어나다."라고 주장하지만, 그것은 그 사람의 주장에 불과하다. 결혼을 하 든 안 하든, 2세를 가지든 안 가지든, 모든 것은 자기의 자유로운 주장에 따른 책임만 지면 그만이다. 그러므로 양심에 충실한 책임만이 공동체를 아름답게 디자인하지 않을까!

그런데, 하루는 이런 일이 있었다. 성태가 오랜만에 시간을 내어 세 명이 여름에 노량진에서 백숙을 먹었다. 성태가,

"장사기 있잖아. 교회를 다닌다고 그러더라."

"안 다니던 교회를 왜 다녀. 원불교인데. 바람피울 때 벌 받을까 봐 교당도 안 갔어. 장 약사 부인은 어떡하고."

"교회도 상도동 고개 있는 데 다닌다더라."

"가까운 큰 교회를 놔두고 그 교회를 왜 다니지."

한참 분석한 허세가

"큰 교회는 성도들을 다 모르잖아. 그러니 중형교회 다녀서 성도들을 다 알아 약국으로 모셔 올라 그러지."

얘기를 듣고 있던 김 사장이

"맞다. 맞어. 허세가 분석 잘했다. 장사기 머리는 교활해."

"그래도 그렇지. 교회 욕을 그렇게 한 사람이 교회를 다니지."

성태가

"내가 관심법으로 보았는데, 오래 다닐 것 같지는 않다. 쥐뿔에 지쳐 못 다닌다. 교회 다니는 성도들이 그렇게 어리석냐."

"그러다 설교나 성경책에 동화(同化)될 수도 있지 않을까?"

"장사기는 안 변해. 돈으로 눈독이 들어 있는데 변하냐."

김 사장이

"한약도 국산을 전부 쓰지 않고, 중국산을 많이 넣고 국산은 조금 넣는데. 중국산만 넣으면 효과가 안 나니까 그렇데. 그리고는 전부 국산만 쓴다고 난리를 친데."

"내가 먹은 원 약사의 한약도 중국산 아니야. 효과는 좋았는데. 맞아, 그 양약이 좋았어. 한약은 느낌이 이상해서 겨우 먹었어. 중국산이야. 따지러 가자."

약국으로 세 명이 같이 간다.

"장사기, 내가 먹은 한약에 중국산 한약을 섞었지. 돈 내조. 아니면 노량진에 다 소문내."

"안 섞었어."

"내가 영등포서…. 맥주병을 알지. 내 깡 알지."

장사기는 한참 고민을 한다.

"알았어. 5만 원 하고. 미국산 영양제야."

"10만 원을 조야지."

"나도 남는 게 있어야지. 앞으로 우리 약국 오지 마."

허세도 그 정도면 만족했는지 밖으로 나온다. 성태가

"쉽게 주지 않을 줄 알았는데, 예상외로 준다. 허세의 깡이 무서웠나 보다. 하긴 영등포서 허세의 기는 대단했지. 쪼만한 게 그렇게 나올 줄 아무도 몰랐지. 나도 새롭게 봤어. 야~, 재밌다. 내 돈은 안 주는데…."

"성태 형의 돈도 받아 줄까."

"니가 남의 일에 신경 쓸까?"

"나에 대해 너무 많은 걸 알아 가고 있네."

그때 옆에 있던 김 사장이,

"말이 나왔으니까 하는 얘긴 데, 대체 조제약도 비싼 약은 안 쓰고 제일 싼 약으로 대체 조제한대."

"그것도 받으러 가지 허세."

"가격이 싼 데, 받으러 갈 수 없지. 왠지 감기가 잘 났지 않는 다 했어."

"정 약사는 좋은 약으로 쓸려고 하는데, 장사기가 압력을 넣어서 그렇게 운영한대."

"우 마담이 아직도 장사기 약국을 이용해. 내가 당하고 또 당했어. 이놈의 세상."

'지도 사기 쳐서 사람들 룸살롱으로 데리고 갔으면서.'라고 허세는 속으로 말한다. 그럼 허세는 엄마 돈을 사기 쳐서 쓰지 않았냐고 우리는 반문할 수 있다. 허세가

"장 약사 부인도 약국에 근무한 지 좀 되어서 실력 많이 늘었겠는데. 조제에도 참여를 하더라. 내가 두 눈으로 똑똑히 봤어. 하긴 뭐, 약국에서 일하는 아가씨들이 다 조제에 참여하지. 다 불법인데."

그리고는 다 헤어져 각자 집으로 갔다. 육 개월 정도 지났을까, 허세는 날씨가 갑자기 추워져 감기에 걸려 아침에 겨우 일어났다. 주머니에서 지갑을 뒤지자, 돈이 없었다. 갑자기 이 사장이 생각났다.

"이 사장님요. 허세인데요. 감기가 걸려 병원 가야 되는데, 5만 원만 빌려주세요."

"상황은 내가 아는데, 내가 은행 뱅킹을 안 해서 그걸 몰라. 나에게로 와라. 내가 줄 테니."

"아픈데 어떻게 가요. 섭섭하네요."

"내가 모른다니까."

그리고는 허세는 전화를 끊는다. 그리고 이 사장에게 "나에게 다시는 전화하지 마."라고 문자를 넣는다. 조금 뒤 이 사장에게 전화가 온다.

"무슨 문자를 그렇게 보내. 내가 돈을 안 준다 그랬냐. 뱅킹을 모른다고 그랬잖아."

"안 보내니까 그렇죠."

그리고는 연락이 두절된다. 사실을 말하자면, 이 사장에게 전화를 끊고 병원을 가려고 일어서서 스마트 폰을 만지다가, 그만 이 사장 번호를 실수로 지워버린다. 처음에는 만나면 돈만 쓴다고 생각해 잘 됐다고 생각했다. 그러나 날이 갈수록 이 사장이 보고 싶었다. '지금은 어디 성인 콜라텍을 기웃거리며 돈 있는 아줌마들을 만날까, 어떤 여자에게 잘 못 잡히어 고생은 하지 않나.' 별생각이 다 들었다. 그걸 생각이라 생각하는 허세가 참 오지랖이 넓었다. 자기 일도 제대로 못 추스르면서 남 생각을 할 때인가? 그렇게 궁금해하다가 김 사장님이 생각났다. 그동안 있었던 일을 말하고 전화번호를 아느냐고 묻자,

"나도 그 사람의 전화번호가 없어. 어떻게 하다 없는지는 몰라도. 매일 너에게 얻어먹는데 잘 됐지 않아."

"저도 한편으로는 그렇게 생각했는데…."

"나는 그 사람이 싫어. 얼마나 나에게도 얻어먹었어."

"세월이 지나니 보고 싶네요."

"정신 차려라. 그 사람은 영양가가 없어."

전화를 끊고 성태에게 전화를 건다. 성태가 자기 집에 놀러 오라는 소리를 듣고 아파트로 간다.

"어서 와 허세. 코로나로 인해 패션 마스크 쓰고 왔네. 이놈의 코로나 때문에 우 마담도 가게를 정리했어. 우리 뭐 먹고 살지. 정부 지원금은 조금 밖에 안 되고. 나 원 참. 이사한 아파트는 처음이지."

"깔끔하네. 우 마담이 청소를 잘하네."

그 소리를 들은 우 마담이

"누나다. 누나."

이젠 룸살롱 손님이 아니라 성태와 개인적으로 친하니, 누나라는 것이었다. 우 마담도 최소한의 자존심이 있었다. 외모에는 어떤 여자와도 뒤지지 않는, 술집 접대부를 다루는 보스적 기질이 남아 있는 그런 장점을 나는 가지고 있다는 표현인 것 같았다. 물론 다른 곳에서 허세를 만났다면 외면했을 지도 모르는 이중성을 가지고 있는 여자였다. 우 마담은 어쩌면 시몬느 보봐르 부인이 쓴 『제2의 성』에 나오는 여자 분류 중에서 자유스러운 여자와 같을 지도 몰랐다. 성태가 바람을 피우다 몇 번 걸렸지만 그때뿐이고 용서를 하고 진영이를 잘 키우고 있었다. 가정만은 버릴 수가 없다는 신념을 지니고 있었다. 그때 성태가,

"이쪽으로 와 허세. 경치 좋지."

그런데 총이 있었다. 계속 허세가 보자,

"옛날에 시골에 새 잡으러 다닐 때 사용하던 총이야. 미제로 아주 우수해. 우 마담도 잘 사용해. 날 따라다니며 배웠어."

장사기

"저녁이 한참 지났는데 진영이는 왜 안 와."

"학교에서 공부하고 있지. 아주 학구파야."

"무슨 과를 간데."

"환경공학과나 우주항공학과를 가고 싶어 해."

늦게까지 공부를 하고 진영이가 아파트로 들어오자,

"진영이 오랜만이네. 키도 많이 컸구나. 중학교 때 보고 처음이구나. 왜 환경공학과를 가려고 해."

"기후 위기, 미세 먼지, 플라스틱 쓰레기, 전자 쓰레기, 우주 쓰레기 등, 저는 새로운 환경을 위해 지구와 우주가 새롭게 잉태되어야 한다고 생각합니다."

"고놈 똑똑하구나."

"요즘 포스트휴먼[09], 포스트휴먼 하는데 진영이도 그런 시대의 추세를 따라가네."

한참 얘기를 하다가 아파트를 나오며, 허세는 진영이가 가는 과에 대해서 생각한다. 탈인간중심주의가 대두되는 이 시대에 변화를 감지하는 신세대들의 감각을 보고 놀란다. 한 달 뒤 심심한 차에 약국에 전화를 한다. 정 약사가 전화를 받는다.

"안녕하세요. 정 약사님 오랜만입니다. 장 약사는 잘 계시나요."

"오랜만이네요. 이젠 만나면 안 되지. 그런 데를 손 씻어야지."

사람인 양반인 정 약사는 어디 도덕적으로 흠잡을 데가 없는 사람이었다.

---

09   포스트휴먼(탈인간중심주의): 포스트모더니즘 이후 나타난 사상

"나도 순간적으로 실수를 했지요. 새사람이 되었습니다. 사는 게 오르막이 있으면 내리막이 있는 것 아닙니까. 장 약사는 왜 통화하기가 이리 어렵습니까?"

"너무 집착하지 마시고 진정을 하세요."

"약을 좀 사려고 해서."

"그 동네도 약국이 많으니 거기서 사세요."

"예, 알겠습니다."

전화를 끊고 이상한 느낌을 받은 허세는 김 사장에게 전화를 한다. 상황을 설명하자

"너하고 그렇게 시비가 붙었는데 전화를 받겠어."

김 사장은 한참 생각을 하더니, 강남역에서 만나기로 한다. 오랜만에 서로 악수를 하고 식당에 들어가 파전에 동동주를 마신다.

"장사기가 꿈꾸는 것은 거대 약국 체인점을 갖는 거야."

"그게 가능할까요."

"그건 모르지. 사람 일을 알 수가 있어. 내가 그 큰 아파트를 갖고 있다가 고시원에 생활할 줄 누가 알았어. 니는 모르지만 이혼하고 나서 같이 한때 합쳤어."

"합쳤다고요."

"애들 엄마가 돈을 좀 보내 달라고 그러더라고. 그래서 내가 합치자고 했지."

"잘됐네요."

"내 얘기를 들어 봐. 너는 얘기를 다 듣고 말을 해야지. 너는 화술에 문제가 많아."

"죄송합니다."

"혼자 살다가 같이 사니 불편한데. 그래서 다시 각자 따로 살기로 했어. 나도 고시원 생활이 익숙해졌지 뭐 야. 사는 게 다 그런 거 아니냐. 니는 돈벌이가 좀 돼."

"저는 알바로 풀칠하기 바빠요."

"그래도 유산이 좀 있을 텐데."

"그거는 있죠. 어머니 건강이 걱정돼 가지고요."

"연세가 있으니까."

"성태를 부를까요."

"고놈 영양가 없는데, 불러봐."

전화를 한다.

"김 사장님이 보자는데. 강남역으로 와."

"알았어."

한 시간이 지나자 도착한다.

"안녕하십니까. 어르신."

"너 또 왜 그러냐. 김, 김, 그럴 때는 언제 고."

"존경하는 어르신을 만나서, 영광입니다."

"까분다. 자식."

그래도 김 사장은 싫지가 않은 모양이었다.

"그런데, 이 코로나 때문에 큰일이에요. 저희 교회 목사님이 그러는데 성경책에 나오는 병 중에서 70%가 전염병이라네요. 신의 저주가 아닐까요. 인간들이 너무 사악해지니까 신이 노하신 것 아닐까요."

"니 말에도 일리가 있어. 나도 지금은 안 다니지만 예전엔 오래 다녔지. 인간들에 대한 경고야. 빨리 신의 섭리를 알고 반성해서 신의 뜻대로 살아야 돼."

"좋은 말씀입니다. 신적 질서에 순응하는 법을 배워야 됐다는 말씀이죠."

"뭐 그런 거 무서워하냐. 걸리면 죽기밖에 하겠어."

"또 저런다니까. 걸리면 제일 먼저 무서워할 사람이."

"그건 그렇고. 국장님이 돌아가셨대."

허세가

"누가 그래."

"노량진 사람들이"

"그렇게 큰 요양병원 사업을 하다가 잘 안 됐으니."

모두

"안됐어."

"박 감독도 병원에 입원해 다 죽어 간다고 그래."

"박 감독이."

한 참 허세는 생각하다가, '병원에 찾아가야겠다'고 생각한다. 그들과 헤어지고 병원으로 향한다. 병원 문을 열자

"허 허 허 허 허 세, 허세 왔는가. 한 한 한 번은 한 번은 자네가 찾아올 줄 알았네."

겨우겨우 말을 이어 나갔다.

"완쾌하셔야죠."

"이젠 나는 모든 것이 끝났네. 죽음도 두렵지 않네."

장사기

"이거 편지입니다. 아는 분이 적어 주셨습니다."

그리고는 병원을 나왔다. 편지에는 시가 적혀 있었다. 박 감독은 겨우겨우 시를 읽어 나간다.

## 코리아 블랙홀과 삼층론[10]에서

나는 오늘 코리아호 우주선을 타고
우주의 코리아 블랙홀에 빠져
하나님이 계시는 삼층론에 올라가
삼위일체의 하나님을 만나고 싶다.

삼층론의 가장 아름다운 카페에서
콜드블루라데를 마시며
삼위일체의 하나님과 데이트를 하고 싶다.
철저히 아름다운 삼층론의 광경을 보며
다윗의 자손인 예수님을 만나고 싶다.
공관복음[11]이 아닌 요한복음을 예수님 앞에서 읽으며
삼층론의 공기를 마시고 싶다.

---

10  지구에서 하늘(일 층), 우주에서 보는 하늘(이 층), 하나님이 계시는 하늘(삼 층)
11  4대 복음서(「마태복음」, 「마가복음」, 「누가복음」, 「요한복음」) 중 「요한복음」을 제외한 복음

> 삼위일체의 하나님을 만나서
>
> 우리가 기대하는
>
> 두 증인[12]의 그날을 기다리고 싶다.
>
>
>
> 아무 바랄 것 없이….

시를 마지막으로 읽고 고개를 떨군다.

그런 일이 있은 후 허세가 상진이 형에게 전화를 한번 했다. 상진이 형은 다 죽어 간다고 빨리 노량진으로 오라고 했다. 먼 거리지만 빨리 택시를 타고 노량진으로 간다.

"너 잘 왔다."

"어디가 아파요."

"심장병으로 술과 담배를 끊었다."

"연세가 어떻게 돼요."

"올해 육십둘이다."

허세는 '죽음을 초월해 육십까지만 살면 된다고 하더니 만.'이라고 생각한다. 손과 발이 잘 펴지지 않는 모양이었다.

"매일 밤을 새 아침 아홉 시까지 일을 하니, 배겨 내겠냐."

그 말을 듣던 은정이 누나는,

"그럼 나는 왜 괜찮아."

---

12 「요한계시록」 11장에 나오는 두 증인

장사기

정적이 흐른다. 상진이 형은 오랜만에 허세가 와서인지 맥주 반 컵만 마시고 뒤로 나가 담배를 피웠다. 담배는 아주 끊지는 못하는 모양이었다. 집으로 가려고 밖으로 나오는데 갑자기 장대비가 쏟아졌다. 택시를 타고 오며 허세는 노량진에 처음으로 갔을 때부터 지금까지의 세월을 반추해 본다. 열정에 사로잡혔던 젊은 시절, 후회가 많은 시절에 대해서 생각하며 반성한다. '어머니의 돈을 이자가 비싼 은행에 적금 든다고 하고 다 써 버린 나, 약사 자격증도 없으면서 손님을 속여 약을 비싸게 판 장사기, 룸살롱을 경영하면서 사람을 데리고 와 속인 성태'를 생각하며 회한이 돋았다. 그들은 모두 시대의 사기꾼이었다. 용서받지 못할 사기꾼….

3개월이 지나고 알바를 가려고 하는데 김 사장님에게서 전화가 왔다.

"큰일 났다."

"뭐가요."

"성태가 장 약사 부인에게 장사기가 바람피운 걸 얘기했는데, 그만 부인이 이혼을 했다지 뭐야."

"성태가 큰일 냈군요. 생각이 있다더니 큰일 냈어요."

알바고 뭐고 당장 성태에게 전화를 해 노량진에서 김 사장과 셋이서 만나기로 한다. 성태는 씩 웃으며 허세를 부른다.

"허세, 내가 뭐라 그랬지. 일을 냈어. 오늘 술이나 한잔해."

이런저런 얘기를 하며 세 명은 술을 마신다. 어느 정도 취기가 오른 성태는 장사기 얘기를 한다. 그즈음에 누가 셋이서 술을 먹고 있다고 장사기에게 말을 해 버린다. 장사기는 악이 필 때로 피어 있었다. 성태는 술에 취하자 약국으로 가자고 했다. 약국으로 성태가 먼저 가자, 장사기는 준비한 총으로 성태를 쏜다. 그러나 잘못 쏴 옆에 있던 허세의 가슴에 빗맞는다. 다시 총으로 성태를 쏘자, 이번에는 성태도 피하지 못하고 쓰러져 죽는다. 그때의 상황을 김 사장이 폰으로 우 마담에게 알리자, 아파트에서 총을 가지고 왔다. 잠시 충격에 장사기는 총을 놓고 쉬고 있었다. 급히 우 마담이 택시를 타고 와

"이 새끼들 지랄하고 다닐 때부터 다 알아봤어. 니가 내 남편을 죽여."

"우 마담. 우 마담."

하자, 총을 겨누며

"아니, 진영이 엄마. 진영이 엄마. 그게 아니고….."

"탕, 탕, 탕."

우 마담이 세 발의 총을 쏘자, 장사기는 그 자리에서 죽는다. 그때 총에 빗맞은 허세는 흐느끼기 시작한다. 장사기는 성태만 죽이려고 했는데, 허세는 어부지리로 걸려 버렸다. 흐느끼며…. 허세는 무수한 상념이 들었다. 박 약사 남편의 '그러다가 패가망신해요.'라는 생각도 들고 어머니 생각도 들었다. 그러면서 움찔하며, 마지막 말을 한다.

"어느 여류시인의 '포스트모더니즘 하게 미치고픈 오후'라는 시구를 룸살롱에서 밤에 잘못 외치고 나는 잘못 해석한 거야….."

안타깝게도 허세는 새로운 사상에 젖어 들기도 전에 그렇게 비참히 죽어 갔다.

## 참고 문헌

1. 『정신의 자유를 찾아』, 삼연사

2. 김덕복, 『기독교 신앙의 본질』, 쿰란출판사

3. 이승순, 『살다보면 한번쯤』, 다인미디어

4. 김환석 글 · 이정호 외 2인 그림/만화, 『21세기 사상의 최전선』, 이성과감성

5. 스티븐 코비, 『성공하는 사람들의 7가지 습관』, 김영사

6. 캠벨 몰간, 『성령론』, 김정식, 아가페출판사

7. 김태정, 「백지로 보낸 편지」

8. 아가페출판사 편집부, 『열린노트성경』, 아가페출판사

9. 시몬느 보봐르, 『제2의 성』, 자유문화사

10. 샨시우파 · 왕샤오훼이, 『등소평과 21세기 중국의 전략』, 유스북

11. 야마자키 마사카즈, 『가까이 두고 싶은 철학 이야기』, 이재강, 북피아

# 張詐欺
## 장사기

초판 1쇄 발행  2024. 4. 1.

**지은이**  김준홍
**펴낸이**  김병호
**펴낸곳**  주식회사 바른북스

**편집진행**  박하연
**디자인**  배연수

**등록**  2019년 4월 3일 제2019-000040호
**주소**  서울시 성동구 연무장5길 9-16, 301호 (성수동2가, 블루스톤타워)
**대표전화**  070-7857-9719 | **경영지원**  02-3409-9719 | **팩스**  070-7610-9820

•바른북스는 여러분의 다양한 아이디어와 원고 투고를 설레는 마음으로 기다리고 있습니다.

**이메일**  barunbooks21@naver.com | **원고투고**  barunbooks21@naver.com
**홈페이지**  www.barunbooks.com | **공식 블로그**  blog.naver.com/barunbooks7
**공식 포스트**  post.naver.com/barunbooks7 | **페이스북**  facebook.com/barunbooks7

ⓒ 김준홍, 2024
**ISBN** 979-11-93879-51-1 03810